Arda Erel

Senin için

Senin İçin / *Arda Erel*

Yayıncı ve Matbaa Sertifika No: 10614

Genel yayın yönetmeni Senem Davis
Yayınevi baş editörü Ahmet Bozkurt
Editör Nadide Altuğ
Kapak tasarım Gökçen Yanlı
Sayfa tasarım Yasemin Çatal

ISBN: 978-975-10-3646-9

16 17 18 6 5 4 3
İstanbul, 2016

Baskı ve Cilt
İnkılâp Kitabevi Yayın Sanayi ve Ticaret AŞ
Çobançeşme Mah. Sanayi Cad. Altay Sk. No. 8
34196 Yenibosna – İstanbul
Tel : (0212) 496 11 11 (Pbx)

İNKILÂP Kitabevi Yayın Sanayi ve Ticaret AŞ
Çobançeşme Mah. Sanayi Cad. Altay Sk. No. 8
34196 Yenibosna – İstanbul
Tel : (0212) 496 11 11 (Pbx)
Faks : (0212) 496 11 12
posta@inkilap.com
www.inkilap.com

Arda Erel

Senin için

İNKILÂP

Arda Erel

İnşaat mühendisi bir babayla ev hanımı bir annenin tek oğlu olarak İstanbul'da doğdu. Yaşadıklarını, hissettiklerini kâğıda dökme isteği çok küçük yaşlarda başladı. Kendini bildiğinden bu yana günlükler tutan Arda, daha sonra içinden gelenleri internet ortamında paylaşmaya başladı. Sosyal medyada takipçilerinin sayısı bir milyona ulaşan Arda, Bilgi Üniversitesi'nde reklamcılık eğitimine devam etmektedir.

Kalbimi yetiştiren anneme...

Teşekkür

Bazı kadınlar vardır, bilirsiniz. Onlar hem anne olurlar, hem baba, hem abla, hem kardeş... Başka kadınlardır onlar, özel kadınlardır. "Güçlü" deyince aklıma gelen kadınlardır...

Beni ben yapan, içimdeki Arda'yı ortaya çıkaran, hayatta beni benden çok düşündüğüne inandığım tek kişi; annem... Kalbim, senin mirasın oldu bana. Bana en güzel emanetlerden bir tanesisin. Her şey için, beni her zaman her durumda desteklediğin, üzüntümü üzüntün, mutluluğumu mutluluğun bildiğin için teşekkür ederim.

Başıma gelen iyi kötü, tüm olaylarda payı olanlara da teşekkür ederim. Çünkü ben; sizin sayenizde kendimi bulmaya, yaşadıklarımı sorgulamaya ve hayatı anlamlandırmaya başladım.

Herkesin bir dönüm noktası vardır.

Çünkü, Allah her kuluna yardım eder.

Bitti Sanıyordum, Meğer Başlangıçmış

4 sene önce hayatımın en "kötü" dönemini yaşadım, ama şimdi düşününce, hayatımın en "şanslı" dönemiymiş aslında.

Sevgilim bir anda gitmiş, ailem dağılmış, arkadaşlıklarımın çoğu bozulmuştu. O kadar kötü hissediyordum ki, "Ne yaptım da bunlar başıma geldi? Ben bunları hak etmedim ki," deyip duruyordum. Gözlerim görüyor, kulaklarım duyuyor ama kalbim bir türlü anlamıyordu bazı şeyleri. Sonra sonra anladım; hayatın öğretmek istediğini öğrenmek, içindeki mucizeleri görmek için gözlerle görüp, kulaklarla duymak yetmiyormuş.

"Her şey üst üste geliyorsa korkma, orası kaderinin değişeceği yerdir," diyor ya Mevlânâ, işte o cümleyi yaşadım ben aylar boyunca. Yaşadıklarımı anlamaya çalıştım sürekli.

Bazı şeyler için, "Niye yaşıyorum bunu, neden başıma geldi, niye o karşıma çıktı?" diyoruz ya hani... İşte, aslında o kızdığımız şeylerin içinde çok büyük bir *hayır* var. Belki günler, belki aylar, belki yıllar sonra siz de benim gibi neden sizin başınıza bunların geldiğini anlayacaksınız. Ve neden sizi bulduğunu da.

O yüzden kızarak değil, ne olursa olsun şükrederek yaşayın.

Küçükken, tek çocuk olduğumdan mıdır bilmem, hep günlük tutuyordum. Bir insanın çocukluğuna dair 4-5 tane günlüğü olur mu? Benim vardı işte. Birini bitirip diğerine başlıyordum. Hâlâ hepsini saklıyorum. Açıp okuyunca bazen gülüyorum, bazen ağlıyorum.

Hep yazıyordum ama yukarıda bahsettiğim o en kötü dönemde içimden bir ses internette yazmamı söyledi bana. Belki yalnız olmadığımı görmek istiyordum ya da başka birine, "Bak Arda da benim yaşadıklarımı yaşıyor," dedirtmek için yazmak istiyordum.

Sonra yaşadığım aşk acıları, aile dertleri beni günlüğe yazıp, arkadaşlarıma anlatıp durmak yerine blog açmaya, tanımadığım insanlarla paylaşmaya itti. Hani bazen hiç tanımadığın insanlara kendini anlatmak istersin ya, işte aynen öyle istedim. Gecenin yarısında açtım bir blog, başladım içimdekileri dökmeye. Hem aşk acımdan, hem aile dertlerimden bahsettim.

Yazdım da yazdım...

İçimdekileri yazdıkça rahatlıyor, huzur buluyordum. Kelimeler dökülüyordu. Genel olarak konuşkan bir tipimdir, bir de dertlenince cümleler sel olup aktı. Evde bilgisayarın başında çaresiz, mutsuz, tek başıma yazılar yazarken çok garip bir şekilde hayatımda yeni bir kapının açıldığını hissettim. Kendi kendime, bir kişi okusun, okusun da beni sevsin diye düşünüp bunu isterken, binlercesine ulaştım. Hatta 20 kişi beni takip etmeye başlayıp beğendiklerini dile getirdiklerinde havalara uçmuştum. "Yalnız değilmişim," deyip çok ağlamıştım. O gece çok mutlu olmuş, huzurla uyumuştum. Sonra bu sayı binlercesine ulaştı. İnanamadım tabii!

"Bir" şeyleri kaybettiğimi sanırken, binlerce kalbe dokunmuş, onların arkadaşları olmuştum. Bu o kadar değerliydi ki... Kaybettiğim şeylere üzülmeyi bırakıp, kazandığım şeyleri görmeye başladım. Anladım ki kaybetmemiş, tersine kazanmıştım. Artık kendimi hayatın beni koyduğu hiçbir pozisyonda yalnız hissetmiyorum, çünkü şu an bu yazıyı okuyan herkesle benzer şeyleri yaşıyoruz. Farklı bedenlerde benzer hikâyelerdeyiz hepimiz.

Sonra sonra anladım ki, meğer zor zamanlarmış güzel kapıları açıp insanı eğiten.

Meğer temiz kalpmiş güzel şeyleri sana getiren.

Meğer "bitti" dediğinde aslında yeniden başlıyormuş her şey.

Benim hikâyem de böyle başladı işte. Bilmiyorum, sen neler yaşıyorsun ama kötü şeylerin seni hangi mucizelerle karşılaştıracağını bilemezsin. Asla korkma başına gelenlerden, sakın umutsuz bırakma kalbini. Bak ben de seneler sonra anladım başıma gelen kötü şeylerin nedenini.

Bu arada yaptığım "yazarlık" değil, birilerine iyi gelmek

isteyip onları yalnızlıklarından kurtarmaya çalışmaktı. 4 sene geçti, hâlâ yazıyorum ama yazarlık taslamıyorum. İnsanları yalnızlıktan kurtarma niyetim de hep baki kalacak.

Şimdi bunları sana yazmamı, cümlelerimi dökmemi sağladığı için o aylarca yaşadığım buhrana inan o kadar şükrediyorum ki... Yoksa küçüklüğümden beri başıma gelenleri günlüğüme yazmaya, kendi kendime yaşamaya devam edecektim. Ne sen şu an bu kitabı tutabilecektin elinde ne de ben bu cümleleri yazabilecektim sana.

Bu yüzden, *başına gelen kötü şeylerin seni karşılaştırdığı bitişlerden korkma*. İnan bana, çok daha güzeli başlayacak.

Buraya Nasıl Geldim?

Hayatta hep üzdüğüm kadar üzüldüm ama üzüldüğüm kadar kimseyi üzmedim.

Korktum bana kötülük yapana kötülük yapmaktan. Kendime yakıştıramadım onlardan intikam almayı, inadına bir şeyler yapmayı.

Biri beni aldattığında gidip ondan öcümü almadım. Öfkemin dilime taşıdığı hiçbir cümleyi gidip söylemedim beni kandıranlara, çünkü kalbime yakışmazdı öfke dolu sözler. Beni geceleri rahat uyutmazdı. İyi ki de yapmamışım, içime atıp beklemişim hep.

Neden mi bekledim? Çünkü ben, Allah'ın bana yaşattığı her kötü şeyi hayatıma açılan yeni bir kapı olarak görüyorum. Bana yapılan kötü şeyler, yapanları mutsuz ederken bana başka bir yerden yeni kapılar açıyor. Yani "kötü" diye nitelendirdiğimiz şeyler aslında "iyi".

Küçükken de, "Bu yaşadığım kötü şeyler beni çok güzel yerlere getirecek," deyip duruyordum.

Öyle de oldu.

Sonra dedim ki kendi kendime, "Bir yerdeyken bana birilerini hatırlatan şarkılar olmamalı artık. Ben, o şarkılar bir yerde çaldığında 'hatırlanan kişi' olmalıyım. Başka biri olmalıyım. Değişmem mi gerekiyor? Değişmeliyim. 'Hatalıyım' yerine 'unuttum' demeliyim. Gülmeliyim, eğlenmeliyim. İçim hep kıpır kıpır olmalı. Artık üzülmemeliyim. Birileri artık beni sevmiyor olabilir. O birileri beni çoktan unutmuş, şu an başkasını öpüyor bile olabilir. Ama ben, hayatta her zaman, yanımda birileri olduğunda bile aslında 'yalnız' yaşadığımı bilmeliyim."

Bundan sonra üzülen değil, her şeye gülüp geçen olmalı, müzikleri dinlerken sözlerine kulak asmadan melodisine takılıp gitmeliyim. Yeniden sevmeli, yeniden sevişmeli, yeniden ağlamalıyım; çünkü büyüdüm artık. Kolay kolay pes etmiyorum. Üzmüyorum kendimi, aklıma getirmiyorum. Boş veriyorum, geçiştiriyorum, umursamıyorum. Bazen bir yerde adından bahsedenleri duyar gibi oluyorum ama tanımamazlıktan geliyorum. Canımı yakan insanların peşinden koşardım, artık koşmuyorum. Gitmeyi göze alabilen hiç kimse için kılımı kıpırdatmıyorum. Şarkılar canımı acıtamıyor, filmler duygulandıramıyor, insanlar üzemiyor artık.

Bencilleştim. Duygularımı kaybettim belki, kim bilir? Belki içimdeki seni kaybettim. Sabahları mutlu uyanıyorum. Geceleri huzurla uyuyorum. Pişman olduğum şeyler yaşamıştım, artık pişmanlık nasıl bir şeydi hatırlamıyorum. Teşekkür ediyorum yaşadığım her şeye. İyi ki yaşamışım diyorum.

Ben artık senin tanımadığın, seni tanımayan biriyim.

Neden mi?

Çünkü birinin ne zaman gitmemesini istesem, gitti.

Çünkü benim yarım bıraktığımı hep bir başkası tamamladı.

Çünkü bazılarına ne kadar az değer versem, bana o kadar çok değer verdiler.

İşte bu yüzden, beni değiştirdiğin ve bana yaşattıklarınla beni "başka biri" yaptığın için teşekkür ederim.

İyi ki yoksun.

Benim hikâyem tam da "bittim" derken "değişmem"le, değişerek hayata yeniden doğmamla başladı.

✧

Yanında olmayı beceremeyenin aklında olmasına gerek yoktur.

Kalbin güzelse, yaşadığın kötü şeylerin veya sana yapılan haksızlıkların önemi yoktur, çünkü eninde sonunda kazanan sen olursun.

Gör

Biliyorum, kimse boşu boşuna çıkmadı karşıma.

Bazıları benim cezam, bazıları da bana verilmiş armağandı.

Biliyorum, eğer biri beni üzdüyse bu sadece üzmekten ibaret değildi. Asıl önemli olan, bunun beni nasıl güçlendirdiğiydi. Eğer biri beni aldattıysa, bu sadece kandırılmış olduğumu göstermezdi. Onun karaktersizliğini, zavallılığını, kaybını da gösterirdi.

Üzülmek, birinin gelmesini beklemek de zayıflıktı, çünkü o kişi gelmesini beklediğimde gelmeyecekti.

Gülmeliydim. Gün bitiyor, güneş batıyordu. Kış geliyordu. Sonra ilkbahar, derken birdenbire yaz gelecekti. Her mevsim ayrı güzeldi; her insanın birbirinden farklı ve güzel olduğu gibi.

Hâlâ neden bekliyordum ki?

Beni üzmüş biri beni mutlu edebilir miydi?

Sen de her şeyin üst üste geldiğini düşünebilirsin. "Bunları niye ben yaşıyorum? Ne kadar şanssızım," diyebilirsin. Seni kimsenin anlamayacağını düşünebilirsin. Belki sonuna kadar haklı bile olabilirsin. Hatta sana yaşattıkları yüzünden başkaları suçlu bile olabilir ama hayatın sana yaşattıkları, karşına çıkardığı insanlar tesadüf değildir. Hayat, senden hep bir şeyler öğrenmeni bekler. Ve görmeni istediği şeyler gizlidir, belki yıllarca göremezsin.

Şu an bu satırları okurken kendin için bir iyilik yap ve lütfen *artık kızma yaşadıklarına*. Darılma, çünkü küstüğün için duyduğun nefret her zaman yük olacaktır omzunda. Seni her gün yoracaktır.

Sevgi ise senin için her zaman bir umut olacaktır. Dua gibi.

Affet, bitsin. Hayatın sana öğretmek istediğini gör. Onu öğren.

Ve bırak hayat sana istediğini yaşatsın.

Ve...

Sev hayatını. İyilikleriyle, güzellikleriyle, yaşattıklarıyla sev.

Sana öğrettikleriyle, seni zorladıklarıyla, senden götürdükleriyle sev.

Hatta içindeki sıkıntılarla sev hayatı, çünkü vardır bunları yaşatanın bir bildiği, yaşattıklarının içinden sana anlatmak istediği.

Her sıkıntı nasılsa bitecek, yerini sevinçler alacak.

Gelecek sevinçlerin uğruna, hayatı tüm olumsuzluklarıyla sev.

✧

Mutlu olmak istiyorsan, herkesi kendin gibi sanma.
Ve yaşadıklarının kolay olmadığını bil.
Ama üstesinden gelebileceğini de asla unutma.

Gidenlerin yeri öyle güzel dolacak ki, geçmişindeki hiç kimseyi yanında aramayacaksın.

Üzülüyorsan Yakında Sevineceksin

Hayat seni bir konuda üzüyorsa, başka bir konuda sevindirecektir. Bekle ve gör.

Bir şeye deli gibi üzülürken hayat başka bir yerden seni mutlu etmeye devam ediyor. Üzüldüğün şeye o kadar çok dalıyorsun ki, göremiyorsun sana verilen mutluluğu. Bu yüzden kötü şeylere de şükret, çünkü arkasında seni bekleyen çok güzel günler var.

Küçüklüğümden beri beni kıranı kıramadım, aldatanı aldatamadım, yalan söyleyenden alamadım intikamımı. Salak oldum, saf oldum, ezik oldum belki birilerine göre ama hiçbiri de umrumda olmadı inan. Bir kere bile düşünmedim kim ne der diye, çünkü geceleri huzurlu uyuyabilmek en önemli şey benim için. Başkasına kötülük yapsam uyuyamam, üzülürüm, işlerim bozulur, yapayalnız kalırım gibi gelir bana. Bilmiyorum, SEN nelere üzülürsün, seni ne kırar? Sana tek diyeceğim; Allah hiç kimsenin kötülüğünü istemez. Sadece yaşattıklarıyla onu bulmanı ister. Bul ve her şey yoluna girsin.

Bunlar Başına Neden Geldi?

Bil ki başına gelen hiçbir şey seni üzmek için gelmedi. Sana bir şeyler öğretmek için geldi. Kötü insanların hiçbiri canını acıtmak için girmedi hayatına. İyiyi kötüden ayır diye girdi. Hepsi yanlışı, doğruyu görmen içindi. Üzülmek yerine öğren. Kötülük yerine iyiliği seç. O zaman kazanan sen olacaksın.

Güzel şeyler biter.
Bilemezsin ki, daha iyisi yaşanmak için seni bekliyordur.
Bazı insanlar gider.
Bilemezsin ki, çok daha iyisi hayatına girmeyi bekliyordur.
Hayattan istediğin şeyler her zaman gerçekleşmez.
Bilemezsin ki, belki de daha iyisi olacağı için şu an istediğin olmuyordur.
Ve en önemlisi de, belki beklediğin sadece mutsuzluktan ibarettir ve bu yüzden gerçekleşmiyordur.

Hayat Seni Üzmüyor, Koruyor

Bazı insanları "en yakınımda" istiyorum ama hayat onları "en uzağıma" koyuyor. Yüzeysel baktığımda üzülüyorum ama derin bakmaya çalıştığımda ve sonunda şifreyi çözdüğümde ise aslında bazı insanların benim uzağımda olmasının benim için daha iyi olduğunu görüyorum. *Hayat beni üzmüyor, koruyor.* Ben böyle bakıyorum hayata. Bu yüzden isyanlarım değil, bitmek bilmeyen şükürlerim var. Sen de öyle yap, öbür türlü inan yaşanılır gibi değil.

Yanında kim varsa o zaten sana yeter. Geri dönmesin kimse, bırak. Çok sevseydi, uzakta olmaya bahane arayacağına, yanında olmaya bir yol bulurdu.

Bekleme

Hiç kimse için çok fazla uğraşma.

Kim birinin kendisi için çok uğraştığını görse, onu elinin altında zannediyor. Unutma, elinin altında görenler hiçbir zaman değer göstermezler.

Senin için ne kadar çabalıyorsa, sen de o kadar çabala.

Her şeyin fazlası zarar bu hayatta. Yani kimden ne beklediğine dikkat et.

Sevmeyi bilmeyenden sevilmeyi, iç huzuru olmayandan sana huzur vermesini, kalbinde kötülük barındırandan senin yaptığın iyiliklerin değerini bilmesini bekleme, çünkü başımıza ne geliyorsa yanlış insanlardan doğru şeyler beklediğimiz için geliyor.

Kalmasını istediklerin gittiyse, yanlış kişileri sevmişsindir.
Doğru olsalardı gitmezlerdi.
Doğru olsalardı gitmek istemezlerdi.

Düzeltmeye Çalışma

Son zamanlarda düşünüyorum da, çoğumuz tüm zamanımızı hayatımızdakileri düzeltmeye çalışarak harcıyoruz ama kimseye, "Sen değişemiyorsun, işte busun! Ben de bunu istemiyorum!" diyemiyoruz. Sonra, "Neden mutlu değilim?" diye kendimizi yiyip duruyoruz.

Ne gerek var değişmiyorsa zorlamaya, olmuyorsa uğraşmaya? Bugünlerde öğrendiğim şey, hayatından çıkarmadıkça gelmiyor o "senin için" olanlar. Çıkar gitsin, çıkar gelsin.

Unutmaya çalıştığın herkes çıkmalı kalbinden, çünkü doğru olan geldiğinde, unutmanı gerektirecek şeyler olmayacak.

Çekip gitmek isteyen de gitmeli hayatından, çünkü doğru olan geldiğinde, o gitmek nedir bilmeyecek.

Allah her şeyi görüyor. Senin ne yaşadığını da, başkalarının sana ne yaşattığını da. Ona güven ve gerisini ona bırak.

Kılını Kıpırdatma

Milyonlarca insan... Yaşadıkları olumsuzluklar yüzünden her gün kendini yoran, planlar kuran; kendi mutsuzluğunu, var sandığı "gücüyle" karşısındakinden hıncını çıkarmaya çalışan... Aslında kendi mutsuzluğunu kendi yaratan... Bakıyorum da, intikam alsalar da hiçbir zaman yeterince mutlu olamıyor, rahatlayamıyorlar, çünkü yapmaları gereken her şeyi ilahi adalete teslim edip, rahat uyumak varken, kendilerini boş yere yoruyorlar. Herkesin kendi kalbi gibi bir hayatı yaşadığını unutan, kendi iç huzurunu bulamayan milyonlarca insan var. Halbuki kural basit; kötülük yapanı, yaptığı kötülükle bırak. Ne düşün, ne uğraş. O senin kılını kıpırdatmana gerek kalmadan kendi kötülüğünde boğulacak zaten.

Bazen tek bir cümle, onlarca cümleden daha iyi özetler bazı şeyleri. İstediğim tek şey, bana yaşattıklarının bedelini başkaları sana ödetirken, "Ben bunu hak edecek ne yaptım?" dediğinde aklına gelen kişi olmak.

Kalbim

Kalbimi kıranın kalbini kırmam.

Bana kötü söz söyleyene kötü söz etmem.

Yoktur öyle âdetlerim. Susarım, bakmam, duymam, takmam... Çünkü bilirim, *kader benim yerime onlara cevap verecektir.*

Bugün, dünden daha güçlüsün.
Bugün, dünden daha iyisin.
Bugün, dünden daha farklısın.
Uyandığın her güne şükret ve senin değerini bilmeyen
hiç kimseye değer verme.

Sandığından Şanslısın

Neye sahipsen onu koru. İyi bir arkadaşa sahipsen bugün, "İyi ki benim arkadaşımsın," diyerek onu mutlu et. İyi bir sevgiliye sahipsen, değerini bil, bırakma onu. İyi bir aileye sahipsen, "Size sahip olduğum için çok şanslıyım," de, üzme onları. Artık ne iyi bir arkadaş, ne güvenilir bir sevgili ne de beraberken mutlu olan aileler kaldı. Eğer sende bunlardan en az biri varsa kendini şanslı say, çünkü çoğu insanın hayatında olmayan şeylere sahipsin.

"Sıkıntılar yaşıyorsan, hayatına yeni kapılar açılıyor demektir."
Nereden anlatmaya başlasam bilmiyorum, hayatımda o kadar çok örneği var ki şu yukarıda yazdığım cümlenin. Tam her şey kötü dediğiniz anlarda mutlaka başka bir yerde sizi mutlu edecek bir şey olacaktır, o şey sizi bekliyordur. İnanın buna. Benim hep öyle oldu.
Aşk kötü bir şey dersen, seni bulmaz. Para zor kazanılan bir şey dersen, eline para kolay geçmez. Aşk beni mahvetti dersen, ne kadar uğraşırsan uğraş mutlu olamazsın. Bakış açını değiştirirsen her şey değişecek! "Sıkıntı yok efendiler, dert insana yol gösterir," demiş Mevlânâ. Biraz farkında olarak yaşarsak, aslında her şey bir işaret, bir ipucu. Belki bu yazıyı okuman bile bir işaret. Sıkıntıyı değil, açılan kapıları fark et. Allah seni hiç bırakır mı?

Bil

"Zor," dersen zorlaşır her şey.

"Düzelmiyor," dedikçe daha çok bozulur hale gelir her şey. Gitmemesini istedikçe gider bazıları hayatından ama ne olursa olsun, günün sonunda her şey kaldığı yerden devam eder.

Hayat; bazen üzer, üstüne gelir, kalbini kırar, canını acıtır, uykusuz geceler yaşatır. O geceler bitmeyecek zannedersin. Hayat, hiç geçmeyeceğini sandığın duyguları koyar kalbine. O duygular da hiç gitmeyecek zannedersin, ama sonra seni öyle güzel şeylerle karşılaştırır ki; kırılmış, üzülmüş yanını başka biri tamir eder. Yaralarından öpüp iyileştirir seni. Bu yüzden *hiçbir şeye isyan etme ve bir gün hepsinin gelip geçeceğini bil.*

Mühim olan seni sevmesi değil, seni sevmeye
ilk günkü gibi devam etmesidir.

Aşk

Birini sevmemeye çalışıp kendine engel olamamaktır aşk. Elini ilk tuttuğunda, heyecandan ne yapacağını bilememektir. Heyecandır. Gece yatakta tavana bakarak saatlerce düşünebilmektir. Öpüşmekten utanmak; bir zaman sonraysa dudaklarına, tadına alışabilmektir.

Müzik dinledikçe daha da âşık olmaktır.

Biraz daha öpmek, biraz daha sarılmak, "Hadi biraz daha," demektir.

Onun gittiği yerlere koşa koşa giderken, bir zaman sonra gitmemek ama *gizliden gizliye takip etmektir* aşk.

Bazı şeyleri sürekli düşünüp *kendine yedirememektir* aşk.

Aşk yalan söylemektir. Kaybederim korkusuyla büyük büyük yalanlar söylemektir. *"Çoktan unuttum,"* cümlesinin ta kendisidir aşk.

Sırf hayatında biraz daha kalmasını istediğin için arkadaşça davranmaya çalışmaktır. *Arkadaş kalamamaktır* aşk. Kıskandırmaya, kıskanmaya, kıskanmamaya çalışmaktır.

Neşeyle dinlediğin şarkıların sözlerinin aslında ne kadar

acıklı olduğunu fark etmektir. *Onunla gittiğin yerleri hatırlamaktır* aşk.

Hatırlamak istemesen de hatırlamaktır. İnatla hatırlamaktır aşk ama şayet o hatırladığın mekânda olursan, hatırladığın şeylerin lafını bile etmemektir.

Bilerek hata yapmaktır. Konuşmamaktır aşk; *susmaktır*.

Aşk böyle bir şeydir işte. Kendini kandırmak, kendine bile yalan söylemektir; söylemek istemesen de yalan söylemek zorunda kalmaktır. Herkesin ortasında öpüştüğün birinden hissettiklerini bir zaman sonra saklamaktır. Kendinden saklanmaktır. Artık *sadece kendinle konuşmaktır* aşk, kendi kendine anlatmaktır. *Buraya yazmaktır* aşk. Etrafında az kişinin kalmasıdır. Artık üzülmemektir, ağlayamamaktır. Artık ü-zü-le-me-mek-tir aşk. Gözlerinin dolamamasıdır. "Ağlamak isterdim ama ağlayamıyorum nedense," cümlesidir. İçinden geçen cümlelerin başka, yazmaya çalıştıklarının başka, konuştuklarının başka olmasıdır. Aşk belki de bunu bana yazdıran kişidir. Belki de bunu okuduğunda aklına gelen ilk kişidir.

Erkekleri Değil, Adamları Sevin

Erkek olmakla *adam* olmak farklıdır.

Erkekler hislerini belli etmez ama adam olan, sevdiğine hislerini belli etmesi gerektiğine inanırsa, bunu belli eder. Dayanamaz çünkü. Hatta duyurmadığı kimse kalmaz.

Erkek sevdiğini aldatabilir ama adam olan aldatmaz, aldatamaz.

Erkek kaçar, adam sahip çıkar.

Erkek kıskanır, adam olansa ilişkisinin kıskanılmasını sağlar.

Erkek sevdiğinden başka birine ihtiyaç duyabilir ama adam olanın gözü sevdiğinden başkasını görmez, görmek istemez.

Bu yüzden siz kadınlar; bir erkeği değil, bir adamı sevin.

✧

Seni üzmeye cesareti olan
birinin hayatında kalmaya hakkı yoktur.

Herkesle gezip tozduktan sonra namuslu kız arayanlar...
Her erkeği denedikten sonra adam gibi adam
bulmak isteyenler...
Siz ilk önce aradığınız gibi biri olun, sonra belki
istediğinizi bulursunuz.

İyi Kızlar

İyi kızlar kolay kolay unutamaz. Çok severler ama bir kere unuttuklarını da bir daha kalplerine almazlar. Aldatmayı akıllarının ucundan geçirmedikleri gibi, kalplerinde de yer edindirmezler.

İyi kızlar canları acıdığında içlerine atar. Göstermeyip, en sessiz, en boş yerdeyken atarlar gözlerinde sakladıkları acıyı.

O kadar az kaldı ki o kızlardan.

Basit kızlar çoğaldıkça, çoğu erkeğin kalbinde onlara yer azaldı.

İyi bir kız bulursanız vazgeçin herkesten, çünkü onlar en az bir pırlanta kadar değerliler.

Kadın, sevdiği erkeğin sevgisini
ne kadar hissederse o kadar güzelleşir.

Eğer

Eğer bir kadın onu kırsan bile affediyorsa, çok seviyordur seni. Hem de başkaları gibi yalandan değil. Sahiden, içten, derinden, hissederek...

O kadın var ya, o kadın asla zarar vermez sana. Yıkılmaz, güler hep. Üzülse bile içine atar acısını, belli etmez. Dimdik kalmak ister o kadın, çünkü bilir, başkalarının mutsuzluklarından mutlu olanlar var. Çözmüştür hayatı, öğrenmiştir.

O kadın var ya, o kadın seni başkalarından daha çok düşünür. Ne olursan ol kalır yanında, çünkü gidecek yeri yoktur senden başka. *Bırakma o kadını*, bil değerini.

Yıllarca arasan da, onda bulduğun güveni bulamayacaksın başkasında.

Bunları nereden mi biliyorum?

Tabii ki annemden.

Bir adamın seni sevdiğini nasıl anlarsın biliyor musun?
Korkmadan, sıkılmadan, kaçmadan sever.
Senden başkasına gitmek istemeden sever.

Bir kadının seni sevdiğini nasıl anlarsın biliyor musun?
Gözlerinin içi parlar, elleri ellerini arar ve hayatta başına gelmesinden korktuğu tek şey tuttuğu elin onu bırakması olur.

Gerçek İhtiyaç

Eğer seni yalnız bırakıyor, bahanelere sığınıyor, senin gibi çabalamıyorsa yanında olmasının anlamı yok.

Eğer sevdiğini hissettirmiyor, ısıtmıyorsa ellerini, varlığına şükretmiyorsa beklemenin anlamı yok.

Bazıları sevilmeye alışmıştır, bazıları sevmeye.

Senin artık sevmekten çok sevilmeye ihtiyacın var.

Ne kadar değerli olduğunu bilseydin,
değersizlerin peşinden bu kadar koşmazdın.
Keşke bunu hiç unutmasan.

Adım

Atacağın bir adım hayatındaki çoğu şeyi düzeltebilecekken, gurur yapıp her şeyi daha fazla mahvetme.

Bazen atacağın tek bir adım, seni istediğin yola tekrar sokabilir.

Kimine göre o adım bir mesajdır. Kimine göre sevdiğine doğru koşmaktır. Kimine göre affediştir... Bilemem senin için nedir o adım? Ama biliyorum ki, herkesin hayatında atması gereken bir adım var ve o adımı ne zaman, nerede, kime atacağını bildiğinde ancak o kişinin tüm hayatı değişecek.

İki şey için hep şükrederim;
gerçekten beni sevip yanımda olana,
kurtulduğum için benden uzakta olana.

Biliyorum...

Kalbini kıranlara öfkelisin, biliyorum.

Çok değer verirken, birdenbire az değer görmek incitti seni; anlıyorum.

Anlamaz olur muyum hiç? Ama sen de anla biraz. Hayat böyle, insanlar böyle. *Gör biraz.* Hiç yapmaz dediklerin bazen o yapmaz dediğin şeyleri yapar. Hiç gitmez dediklerin, hiç gitmeyeceğini sandıkların bir anda gider, ortada kalırsın.

Oysa onlar seni kırdıklarını sandıklarında seni bambaşka biri yaptıklarından habersizdirler.

Bunu unutma, *kırıldıkça değişirsin.*

Bunu asla unutma; *seni üzmüş olanlar, seni mutlu edenlerden daha çok yarar sağlamışlardır sana.*

Ve hayat, şu an kafana taktığın şeylere üzülecek kadar uzun değil.

Sen hiçbir zaman kaybetmedin ki.
Karakteri bozuk insanları hayatından çıkarmak
ne zaman kaybetmek olmuş?
Bir gerçek varsa, o da kurtulduğundur.

Bundan Sonra

Ne arkamdan konuşanları kafama takıp üzülecek zamanım var ne de beni sevmeyenlere kendimi sevdirmek için gücüm. Çok iyi biliyorum ki, bir insan seni sürekli kötülüyorsa bu onun karakteriyle alakalıdır. Kendisiyle ilgili problemleri vardır.

Sen ne kadar laf harcarsan harca, ne kadar konuşursan konuş, bazı insanların içindeki kötülük bir türlü gitmez. Onlar kötülük içinde kalıp mutsuz olmaya mahkûmdur.

Kim seni mutsuz etmişse, o da aynı mutsuzluğu yaşayacak.
Hiç merak etme.

Şu An

Sevgili okurum...

Seni tanımıyorum. Şu an kiminle nerede, ne yapıyorsun bilmiyorum; tek bildiğim, bu dünyada yaşayan diğer herkes gibi canını sıkan bazı şeyler olduğu.

Birincisi; yaşadığın her neyse, o şeyin geçeceğini bil.

İkincisi de; *her zaman değerli olduğunu unutma.*

Son olarak şunu da unutma; sen neleri atlatmadın ki?

Bunu da atlatırsın.

Dün neler yaşadığını düşünme artık. Geçti, gitti, bitti.

Bugününe bak. Seni seven insanlara bak. Ne kadar iyi biri olduğuna bak.

Bugün kötü şeyler mi yaşadın? İstemediğin şeyler mi duydun?

Kafanı kurcalayan şeyler mi var? Birini mi özledin?

Dün yaşadığın şeyler nasıl geçip gittiyse, bugün yaşadığın şeyler de geçip gidecek.

Ve, "Eskidendi," diyeceksin.

Hem sen istedikten sonra, her şeyin geçip gitmesinin bir yolunu bulabilirsin, çünkü *nefes aldığın her an bir umut vardır*, unutma.

Seni mutsuz eden şeyleri değil, mutlu eden şeyleri gör. Kısacası; bu kötü şeyler var ya, işte onların hepsi geçip gidecek, göreceksin.

Üzülmene üzülen, sevinmene sevinen birini bul.
Gerisi hiç olmasa da olur.

Çok Sevmiştim

Konuşamadım. Bekledim, belki bir gün, dedim. Hani belki olur ya, hani o mucizevi günlerden biri gelir ya, o gün gelsin istedim. Kendi kendine gelsin istedim. Ağladım. Şarkılar dinledim. Yazılar yazdım. Aniden olsun istedim. Hiç beklememeye çalıştım. Anlatmaya çalıştım. Yazık ettim, en çok kendime yazık ettim. Aylar geçsin dedim, mevsim değişsin, yaz gelsin dedim. Geçiyor dedim. Güneş açsın istedim. Güçlü olmaya çalıştım. Dimdik durmaya çalıştım. Kendime gelmek istedim. Sana gelmek istedim. Sonra sustum. En çok sana sustum. Buraya yazdım. Bazen hiç yazmadım, yazamadım. Telefonumu kapattım, fotoğraflar yırttım, kitaplar okudum, filmler eskittim. Şarkılar söyledim, bağırdım. Sonra şarkıları kapattım. Dayanamadım. Sokaklarda kaldırımlara oturdum. Çok düşündüm, gerçekten çok düşündüm. Yerlere düştüm. Zor oldu ama kalktım. "Çok sevdim be, gerçekten çok sevdim," dedim. Sonra, "Sevmiştim..." diye ekledim. Geçmiş zamanlı konuşmaya başladım sonra. Geceleri uyumadım. Kitapları yarıda bıraktım. Dua ettim. "İçine atarsan daha kötü olur," dedim. Konuştum, gerçekten anlatmaya çalıştım, anlatamadım. Sonuna kadar geldim. Boş ver dedim her seferinde. Kendimi dinletmeye çalıştım. Kendimi sana sevdirmeye çalıştım. Seni sevdim işte, çok sevdim. İnsanlara, "Çok sevmiş," bile dedirttim. Sonra bunların hiçbirine değmediğini anladım. Olmadı, olduramadım. Bitirmeye çalıştım. Bitirdim sonra. Başka biri oldum, daha güçlü oldum.

Tanıyamayacağın biri oldum. Zamanında çok sevdiğin ama artık seni çok sevmiş olduğu için sevmediğin biri oldum. Biliyor musun, geçen gün gel istedim ama sana söylemedim. Artık gelmeni istemiyorum.

Emin Ol

Ne kadar az seversen, o kadar çok sevilirsin.

Onu umursamazsan, onun seni umursadığını göreceksin.

Hayat böyle çünkü. İnsanlar böyle.

Bugüne kadar "çok" sevdiğin insanlara bak. Seni çok sevdiklerine inandırıp, sonra birden ortadan kaybolan insanlar değil miydi hepsi?

Seni sevdiklerine inandırmış ve gitmişlerdi.

Bundan sonra seni seveni sevmeye çalış.

Seni bırakıp gideni sevme. Bırak gitsin.

Eğer seni sevmeyeni sevmeye çalışırsan, mutsuz olursun.

Çünkü hayat, birinin seni sevmesini beklemek için çok kısa.

Emin ol.

✧

İnsanlara gereğinden fazla değer verirsen, hak etmeyeceğin şeyler yaşarsın.

Çok fazla düşünme.
Nasıl olsa er ya da geç her şey olması gerektiği gibi olacak.

Her Şey Geçici

Dertleri üst üste yaşıyor olabilirsin. Bu hayatın sınavıdır. Geçici olduğunu unutma.

Kırık bir kalbin olabilir ama bu, böyle üzgün kalacağın anlamına gelmez. İyileştiren olacaktır.

Biri güvenini yerle bir etti diye herkesi öyle sanmaktan vazgeç. Herkes düşündüğün gibi değil.

Kendine bir iyilik yap ve bundan sonra seni mutsuz görmek isteyen herkese inat gülümse ve bundan asla vazgeçme.

Kolay olmadığını bil,
ama üstesinden gelebileceğini de asla unutma.

Sorumlusu Sensin

Başkalarında suç aramayı bırak. *Her şeyin sorumlusu sensin.*

Kimse seni mutsuz etmiyor. Seni en çok mutsuz eden yine sensin.

Kimse seni üzmüyor. Onlara seni üzebilecekleri kadar değer veren sensin.

Kimse seni aldatmıyor. Onların karaktersizliğini umursayan sensin.

Kimse arkandan konuşmuyor. Onların dediklerine değer veren sensin.

Kimse seni terk etmiyor. Onlara ait olacak kadar bağlanan sensin.

Şimdi neden mutsuz olduğunu bir daha düşün olur mu? Çünkü kendini kurtaracak olan yine sensin.

Eğer inanırsan hayallerin gerçekleşir.
Eğer öğrenmen gerekeni öğrenirsen sıkıntılar geçer.
Eğer kalpten istersen mucizeler seni bulur.
Ve hayat daima güzeldir; eğer seni üzen her şeyi onun içinden çıkarırsan.

Gerçekten Neye İnanıyorsun?

Hayat, istediklerine göre değil; inandıklarına göre şekillenir.

Yaşadığım her şeyi önce Allah'a, sonra iyi düşünmeme ve kötü olanları da değiştirmeme borçluyum. Şans değil bu! *Şans diye bir şey yoktur.* Çevremde, sosyal medyada, sokakta... Belki ailesi, belki arkadaşları yüzünden hayatı istediği gibi yaşayamayan, içinde kötü düşünceler barındıran çok insan var, çünkü güzel şeylerin olacağına inanmıyorlar. Ama sen istersen başkalarına ihtiyacın olmadan bu konuda kendini yetiştirebilirsin.

Şu an bunu okuyan senin de en az benim kadar mutlu olmanı istediğim için yazıyorum bu yazıyı. Emin ol bu hayat hepimizin inancı üzerine kurulu. Herkes çok zengin olmak ister ama sadece inananlar zengin olur. Herkes çok mutlu bir aile kurmak ister ama sadece o aileyi hak ettiğine inanlar o aileye sahip olur. Veya neden bazıları hayatları boyunca süren, çok güzel bir aşk yaşar da, bazıları yaşayamaz?

"Sen aşkta neye inanıyorsun?" diye düşündüm. Sonra aşk konusunda kırgınlıklarımın, güvensizliklerimin olduğunu gördüm. Hangi birimizin yok ki zaten? Kimilerimiz onu lanetliyor, kimilerimiz onun yüzünden acı çekiyor ama aşk sayesinde çok mutlu olanlar da var. Yok deme! Gerçekten var. Ben bugünden itibaren artık aşka olan inancımı yeniden tam tutacağım ve kalp kırıklarımı bir kenara bırakacağım, çünkü neye inanırsam onu yaşadığımı gördüm. Hem zaten aşka inanmazsan, aşkı istemezsen, aşktan soğursan o nasıl gelip seni bulabilir ki? Sen, senin gibi iyi insanların olmadığını düşünürsen, iyi insanların karşına çıkmasını nasıl bekleyebilirsin ki?

Bugün uyumadan önce en az senin kadar iyi birinin karşına çıktığını ve onunla çok mutlu olduğunu düşün, hatta her gece yap bunu.

Bir hayale ne kadar inanırsan, onu yaşama ihtimalin de o kadar artar.

Nasip

Kalbine güzel şeyler söyle, güzel şeyler olsun.

Ağzından hangi cümleler çıkarsa, hayat da karşına onu çıkarır.

İstediklerin için "Nasipse olacak," de. "Şanssızım," demekten vazgeç mesela. *Kendini şanslı hisset,* öyle gör.

Biliyorum her zaman her şey yolunda gitmez ama mutsuzum deme. Her şeye rağmen mutlu olacağına inan. İnanırsan, hayatın da seni çok yakında mutlu edeceğini göreceksin.

✧

Geceleri hayalini kurduğun şeyler,
yarın yaşarken bulacağın gerçeklerin olsun.

Kaç gün, kaç ay, kaç yıl geçmiş olursa olsun; araya ne girmiş olursa olsun, seviyorsa mutlaka kendiliğinden gelecektir. Yaşamında olmaması gerekiyorsa, sen istediğin kadar uğraşsan da olmaz. Olması gerekiyorsa ve kaderinde varsa, istediğin kadar kaç, yine gelip seni bulacaktır.

Kaderinse

Siz isteseniz de istemeseniz de o insan zaten kaderinizdeyse gelip sizi buluyor. Bakın size kendi hayatımda gözlemlediğim bir olayı anlatayım: Bir arkadaşım bir kızla beraberdi ve çok güzel birliktelikleri vardı. Ama araya o kadar çok olay girdi ki, ayrıldılar. Birbirlerine çok bağlı olmalarına rağmen hayat onları farklı yollara soktu. Belki o yollar onların imtihanıydı ama çocuk bir başkasıyla evlendi ve 2 yıl evli kaldıktan sonra da boşandı. Boşandıktan sonra eski sevgilisiyle tekrar görüşmeye başladı ve şimdi çok mutlu bir evlilikleri var. Yani diyeceğim şu ki; bazı şeyler bizim elimizde değil. Kaderde varsa oluyor ve bunu hiçbir şey engelleyemiyor. Boşuna kendinizi üzüp yormayın.

Her insan hata yapabilir ama kimse hatalarını
göremeyecek kadar kör olmamalı.
Eğer hatalarını görmüyorsa, asla hayatında kalmamalı.

Bir Bakıma Her Şey Senin Elinde

Bir bakıma kaderini kendin belirliyorsun. Kimse sana, seni üzenin peşinden git demedi. Kimse sana, onu gittiğin yolda yanına al demedi. Allah herkese kimin ne olduğunu yolun ta en başında gösteriyor ama biz görmek istemiyoruz. Sevdiğimiz bir insanın kötü özelliğini aslında onu tanımaya başladığımız ilk günden biliyoruz ama "değişecek" umuduyla o yolda onu da götürüyoruz. Özür dilerim, belki üzüleceksin ama değişmezler. Aldatan aldatmaya, yalan söyleyen de yalanlarına devam eder. Belki bir iki istisna vardır, o ayrı. Sana diyeceğim şu ki, gittiğin yolda yanında öyle iyi insanlar olsun ki, ne karakterlerinden ne de seni yarı yolda bırakmalarından şüphe duy.

Sen bu yaşadıklarını yaşayıp üzüldün diye,
o üzülmüyor mu sanıyorsun?
O da üzülür ama belli etmez.
Ağlar ama sana duyurmaz.
Tek başına da kalır ama kimseye söylemez.
Çok mutlu olduğunu sandığın insanların geceleri yastığa
başını koyduklarında mutsuz olmadıklarını
nereden bilebilirsin?
Ne yaşattıysa bir gün onu yaşar insan.
Sadece sen bunu hiçbir zaman bilemezsin.
Ama bak, şimdi öğrenmiş oldun.

Hep Aklımdasın

En çok özleyen; özlediği kişiyi hiç aramayandır, çünkü arayamayacak kadar âşık olmuştur. O, elinde olmadan özler. İstemeyerek, kendine kıza kıza. O, uluorta söylemez aklındaki kişinin adını. Mesela sevdiğini hatırlatan bir şarkı çalmaya başladığında nefret ede ede özler.

Özlediği, bir kez olsun"eskisi gibi konuşmak"tır. Eskisi gibi olmaktır ama çaktırmak istemez. Başkalarının bilmesinden hep korkar.

Ama özler.

Bu yüzden, o artık seni aramıyor diye üzülme.

Belki yanında değilsin ama onun hep aklındasın.

"Benim hep aklımdasın."

Sonra bir duan gerçekleşir, bin derdin unutulur.

Sebep

Hayatta her şeyin bir sebebi olduğuna inanıyorum. Şu an bunu okuyor olman bile bir mucize benim için, senin için. Bilmem, nedense her hayatıma girenin, her gördüğüm şeyin benim için bir öğretisi olduğuna inanıyorum. Hepimizin hayatında yolunda gitmeyen şeyler oluyor. Bazen sanki bu dünyada aynı anda hem cehennemi hem cenneti yaşıyoruz. Ben her gün iyi kalmaya devam ediyorum. Nasıl yapıyorsun diye soracak olursan, "Dün üzüldüğüm şeye bugün gülüyorum, ne kadar çok abartmışım," diyorum kendime. Sen de benim gibi yap, derdine gülmeyi öğren, çünkü o abarttığın üzüntü şimdiki kadar şiddetli olmayacak. Bir süre sonra sadece gülümseyerek hatırlayacağın bir anı olacak.

Aslında yaşadıklarımız onu daha çok anmamız için bir sebep, bir bahane. Hepsi Allah'a daha çok dönmen, sıkı sıkı sarılman için başına geliyor, fark et. Kurtulman o kadar kolay ki aslında. Ben ona her geçen gün daha çok dönüyorum. Onu her gün daha çok anıyorum. Andıkça iyileşiyorum ve huzurum "bir"ken "bin" oluyor sanki. En imkânsızı isteyip, en imkânsızı yaşıyorum çünkü her şeyin sahibinin o olduğunu iliklerimde hissediyorum. Allah'a dönmekte geç kalma, çünkü yaşadığın her şey ona dönmen için aslında.

Yaşadığın mutsuzluklar, yarın herhangi bir yerde tanışacağın birinin seni ölene kadar dünyanın en mutlu insanı yapacak olmasını engelleyemez.
Dünü unut, yarına güven.

Biri

Bak, öyle biri olacak ki, sen onu yanında gururla taşıyacaksın, çünkü seni öyle derinden sevecek ki, gözlerinden belli olacak seni sevdiği. Gülüşünden, kalbine seni koyduğunu anlayacaksın ve diğerlerine benzemeyecek, öncekiler gibi olmayacak.

Kaçmayacak, korkmayacak. En güzeli de pes etmeyecek. Seni ömrü bilecek, hep yanında duracak. Öyle bir sevecek ki, "Bir gün biter mi?" diye aklının ucuna bile getirmeyeceksin.

Söz veren çoktur, sözünü tutanı bul.
Seviyorum diyen çoktur, sadık olanı bul.

O

O, yeniden sevmek istiyor ama bağlanıp üzülmekten, yalnız kalmaktan korkuyor.

O, yeniden güvenmek istiyor ama geçmişte güvendiği insanların yaptıklarını unutamıyor.

Keşke insanlar sevdiklerine yaşattıklarına dikkat etse, çünkü karşılarındakilerin bir ayını veya bir yılını değil, tüm hayatını etkiliyorlar.

Ne hiç kimseye güvenemeyecek kadar şüpheci ol ne de herkese güvenecek kadar saf.

Kaç

Tuhaf. Birinin güvenini kaybetmek her zaman kolaydır ama tekrar kazanmak yıllar alır, çünkü bir kere hissettiği güveni kaybeden biri bin kere uğraşsa da, o güveni tekrar hissedemez.

Kimlere güven biliyor musun?
Seni kusurlarınla, hatalarınla, yanlışlarınla sevip yanında olanlara.
Varlığıyla seni huzurlu hissettirenlere.
Özür dilemeyi bilenlere.
Senin için başkalarını karşısına alanlara.

Ve kimlerden kaç biliyor musun?
Egolarının kölesi olmuşlardan.
Nefreti, sevgiye tercih edenlerden.
Dürüstüm deyip yalan söyleyenlerden.
Ve iyi gününde yanında olup, kötü gününde yok olanlardan.

Pişmanlıklarını, kırgınlıklarını, hatalarını, yanlışlarını veya seni üzen insanları değil; yaşadıklarının seni ne kadar güçlendirdiğini düşün.

Alış

İnsan hayatta her şeye alışıyor. Alıştıkça öğreniyorsun, öğrendikçe güçleniyorsun ve her bitiş, sandığın gibi korkutucu olmuyor.

Yokluğuna da alışıyorsun. Onsuz da gülebiliyorsun. Bir başkasını da sevebiliyorsun. Bu yüzden sev ama çok bağlanma. Özle ama gelmiyorsa bekleme.

Hayat çok kısa.

Mutlu olmak için geç kalma.

Bir zaman sonra, "Olursa mutlu eder, olmazsa da üzmez," diyebilmelisin, çünkü o nokta üzüntünün sonu, huzurun başlangıcı oluyor.

Yol

Bazıları istediğini alana kadar sever, bazıları istediğini alsa da sevmeye devam eder.

Bazıları aklına koyarken, bazıları kalbine koyar sevdiğini.

Bazıları senin canının acıyıp acımadığını umursamaz, bazılarıysa başkaları canını acıtmasın diye kendi canını yakar.

Unutmayın, kimi seveceğiniz elinizde değil ama yola kiminle devam edeceğiniz sizin elinizde.

İnsanların size neler dediklerine değil, neler yaptıklarına bakın. O zaman onları daha iyi tanırsınız.

Kural Böyle

Ondan başkasıyla olamayacağını hissettirirsen, senden vazgeçmekte zorlanmaz; onun peşinden koşacağını bilir. Her an ellerinden kayıp gidecekmişsin gibi davranırsan, asla peşini bırakmaz ve sensiz yapamayacağını düşünür.

Üzgünüm, kural böyle.

Birinin gidişi, diğerinin gelişini hazırlar.
Bir şeyin bitişi, diğerinin başlangıcını...
Bu yüzden ne gidişlerden kork ne de bitişlerden.

Onu Bulana Kadar

Onu bulana kadar hayatına birçok insan girecek. Seni mutsuz edecek, kıracak, yarı yolda bırakacak, ama çok da üzülme olup bitenlere, kafana çok takma.

Yaşadıklarının hepsi onunla yaşayacağın mutluluğun değerini bilmen için aslında.

Bazen çevrende binlercesi olur ama ruhen yanında olan bir tanesi bile olmaz. Bu yüzden, bazen bir kişinin verdiği huzur, tüm huzursuzlukları unutturur.

Doğru

Kalbin yerinden çıkacakmış gibi hissettiriyorsan, seviyorsundur. Peşinden koş, mutlu eder seni.

Kalbini sıkıştırıyorsa, üzüyordur seni. Muhtemelen seni hak etmeyen biridir. Yıpratma kendini.

Kalbi kalbine iyi geliyor, ferahlatıyorsa seni, huzur veriyorsa doğru insandır. Hayatın boyunca bırakma, çünkü öylesini bir ömür boyu arasan da zor bulursun.

Canını sıkıyorsa muhtemelen gereğinden fazla önemsiyorsundur.
Önemsemeyi azalt ki, mutluluğun artsın.

İlk Önce Kendin

Sen cümlelerini canları ufacık yanar diye içine atarken, onlar seni kırmadan önce hiç düşündüler mi?

Sen üzmemek için uğraşırken, onlar senin kırılıp kırılmamanı umursadı mı?

Ne olursa olsun, *ilk önce kendini mutlu et.*

Birileri kırılmasın diye seni kırmalarına izin verirsen mutlu olamazsın.

Değerini bilmiyorsa, yokluğunu tatması gerek demek ki.

Sana çamur atan birileri varsa sevin. Bil ki doğru yoldasın.
Bil ki birilerini kıskandırıyorsun.
İnandığın hiçbir şeyden vazgeçme.
Hayallerinin peşinden git, çünkü onların yapamadıklarını
sen yapıyorsun.

Yap Gitsin

Herkesi memnun edemezsin.
Herkesi mutlu edemezsin.
Herkese kendini sevdiremezsin.

Yaptıkların, yapmak istediklerin, yapamadıkların... Unutma, hayallerin var. Bunların hepsi seni ilgilendiren şeyler. İnsanlar konuşurlar. İnsanlar "hep" konuşur. Ne zaman sustular ki? Gerçekten seni mutlu edeceğine inanıyorsan, sonuçlarını göze alabiliyorsan, yap gitsin.

Hayatında çok değil, az insan olsun.
Ama hepsi "gerçek" olsun.
Gerçek olduklarında hem yalanlarla uğraşmazsın hem de gereksiz insanların getirdiği huzursuzluğu yaşamazsın.

Böyle

Kin tutmuyorum hiç kimseye ama kimin ne yaptığını da unutmuyorum. Çoğu şeyi içime atıyorum ama derler ya, "Her şeyin bir zamanı var." İşte o zamanı bekliyorum.

Yapılan hiçbir şeyin farkında değilim sanmayın, uğraşmak istemiyorum, çünkü uğraştıkça yıprandım. Yıprandıkça yoruldum. Yoruldukça vazgeçtim.

Böylesi daha iyi.

Bir insan, üzülmek yerine akıllanmayı tercih ettiği zaman ondan korkun.

Canını sıkan o şeyin geçici olduğunu ve ne olursa olsun sana yakışan en güzel şeyin gülümsemen olduğunu unutma.

Boşuna

Boşuna, "sevmiyor" diye üzülmen. O sevmezse, başkası seni çok daha güzel sevecek.

Boşuna, uzağında diye kahrolman. Çünkü, yakınındakiler aslında yeter sana.

Boşuna, "Hayatım berbat," deyip durman. Sen dilini değiştirmedikçe hiçbir şey düzelmeyecek çünkü.

Boşuna, seni mutsuz edenden inatla mutluluk beklemen. O mutlu edemeyecek çünkü.

Boşuna, "Çare yok," demen. Çare, o yaşadığın sıkıntının içinde gizli çünkü.

Kendi bildiklerinizden, yolunuzdan şaşmayın. Onlar oturdukları yerden konuşurken, siz yol almaya bakın. Sadece yaşadıklarınız kadar bilebilirler sizi. Gerisi sadece sandıkları.

Başarı

Hayatım boyunca hiçbir zaman kimsenin başarısını kıskanmadım. Doğuştan şanslı olanlar için de, "Benim de babam onun babası gibi zengin olsa yapardım," demedim çünkü herkese yazılmış bir kader var. Allah ona o şansı veriyorsa, benim ne hakkım var onu eleştirmeye?

Başka biri, kendi alın teriyle bir yerlere gelmişse, benim onu kıskanmam niye? Açıkçası kendi kendine bir yerlere gelen insanlarla o kadar gurur duyuyorum ki... Kendim yapmış gibi seviniyorum. Maalesef toplumumuzda acımasızca eleştiri yapan çok, ama bunu yapanlar aynı zamanda kendi başarılarını kendi dedikleriyle, negatiflikleriyle de engelliyorlar gibi geliyor bana. Ne yapsın babası zenginse ya da ünlü bir ailenin çocuğu olarak doğduysa? Paraları mı yaksın, sokağa mı çıkmasın, intihar mı etsin?

Zengin arkadaşlarımın mutsuzluğuna şahit oldum. Dışarıdan görünenle içeride yaşananın bir olmadığını çok gördüm. Keşke eleştirmeyi bıraksak.

Ben bile edindiğim şu kadarcık popülarite yüzünden birçok arkadaşımı kaybettim. Beni çok yükseklerde görmeye başladılar. Halbuki kibirden en çok nefret eden ben, hâlâ aynı kişiydim. Ne edindiğim popülerlik beni değiştirdi ne de başka bir şey beni farklı biri olmaya itti, ama ne yazık ki çok hakarete, kötü söze maruz kaldım.

Maalesef hayat böyle sanırım. Eğer hayatta bir şeyler başarırsanız, hiçbir şey başaramayan insanların zoruna gidiyorsunuz.

Bir gün birine aynen şöyle dedim: "Başkasında olanı kıskanıp ona hasetlenmezsen, Allah sana da istediğini verir. Hem de fazlasıyla, ama ilk önce içindeki fesatlıktan kurtul."

Mucize

Bazı insanlara yaptığın iyiliklerden dolayı pişmansın değil mi? Değerini bilmedikleri için onlara kızgınsın ama pişman olup kendini yorma, çünkü gün gelir yaptığın iyilikler sana mucize olarak geri döner.

✧

Belki bugün, belki yarın.
Ne zaman olacağı değişir, ama herkes,
bir gönlü kadar iyi olan biriyle tanışır.

Her sabah uyanabildiğin, bugünü de görebildiğin için şükret,
çünkü uyanabildiğin her gün, her şey için yeni bir şanstır.

Derdin mi Var?

Kilolu musun? Hastalığı yüzünden kilo alamayıp yatağa bağlı yaşayanlar var. Çok *düşünme*, bir yolunu bulursun.

Sevgilin seni terk mi etti? *Umursama.* Annesini, babasını kaybedip hayata tutunan insanlar var.

İstediğin şeylere sahip olacak kadar iyi maddi durumun mu yok? *Boşver* ve sahip olduklarınla *yetin.* Sen bunu okurken açlıktan ölmemek için direnen insanlar var.

Kendini beğenmiyor musun? Gözleri görmediği için kendini göremeden yaşayan binlerce insan var.

Kim ne düşünürse düşünsün, sen *kendini sev.* Üzüldüğün şeyler için bir kez daha düşün, çünkü senin üzüldüğün şeyleri dertten sayamayacak kadar çok derdi olan insanlar var.

Yanlış anahtar, istediğin kapıyı açmaz. Mutsuz edenlerden mutluluk beklerken, seni mutlu etmeyi bekleyenleri kaçırma.

İyi misin?

Gerçekten "iyi" misin şu an?

Yoksa annen iyi görsün de üzülmesin, baban güçsüz sanıp kızmasın, arkadaşın dertli olduğunu düşünüp yanından gitmesin, sevgilin senden bunalmasın, çocuğun seni zayıf görmesin diye "iyi gibi" mi yapıyorsun?

Başkaları seni mutlu sansın diye mi böyle gülüyorsun?

Ve başkaları, canının acıdığını gözlerinden anlamasın diye mi kaçırıyorsun bakışlarını bu kadar?

Nefes almanın sana verilen bir mucize olduğunu görmeden, sadece nefes alabildiğin için mi alıyorsun?

Gerçekten "iyiyim" demedikçe, mutsuzluklarını bastırıp dibine kadar yaşamadıkça, bir Sezen Aksu açıp ağlamadıkça, gerçekten "iyi" olamayacaksın.

Neden ağladıkça rahatlarız hiç düşündün mü? Çünkü ağladıkça kurtuluruz yüklerimizden, kalbimiz ferahlar biraz olsun.

Eziyet etme kalbine. Biliyorum, çok şey yaşadı. Çok yordun kalbini, biliyorum. Sadece sen de yormadın, başkaları da müdahale etti çok.

Ama bırak.

Çevren yüzünden, toplum yüzünden, o güzel kalbine yaptığın haksızlığın farkına var, çünkü "iyi" olmayı her şeyden çok hak ediyorsun, hem de şüphesiz.

Ben de o zaman;
sevdiğim gibi vazgeçer,
vazgeçtiğim gibi unutur,
unuttuğum gibi kaldığım yerden devam ederim.
Hayat beklemek için çok kısa, iyi bilirim.

Olduğun Gibi Ol

Kim ne derse desin, kendini sevdirmek için değişmek doğru gelmiyor bana. Gerçekten sevene kusurların kusur olarak gözükmez ki. *Gözleriyle gözlerine bakan değil, kalbiyle kalbine bakanlar olsun hayatında,* çünkü anca onlarla mutluluk sağlanıyor bu hayatta.

Biri illa değişmeni istiyorsa, sakın değişme. Bugün bir şeyin gözüne batar, yarın başka bir şeyin. Sonunda kendini bambaşka biriyken bulursun. Gerçekten seven değişmeni istemeyecektir.

Canını acıtıyorsa, acıtmasına izin ver.
Kalbini kırıyorsa, kırmasına.
Gitmek istiyorsa, gitmesine, mutsuz ediyorsa, mutsuz etmesine izin ver. Çünkü sana yapılanlar, senin değişimine sebep olur. Değişmen de, iyileşmene.

Gurur Duy

Kendinle bir kez daha gurur duy.

Yaşayıp atlattıklarının zaferiyle daha çok sarıl hayata. Korkma hiçbir şeyden.

Çekip gidenler için üzülmek mi? Kurtuldum diye bir kez daha şükret!

Geçip giden her şey için şöyle derin bir nefes al ve de ki, "Beni kaybedenler utansın!"

Tüm kalbinle inandıktan sonra, gerçekleşmeyen hayalin kalmayacak.

İnan

Zannettiğinden daha şanslısın.

Göründüğünden daha güzel.

Ve sandığından daha güçlüsün.

Bak, bu sabah da uyandın. Demek ki her şey için bir şansın daha var.

Fark ederek yaşa.

Hayatta neye gerçekten inanırsan, o mutlaka olurmuş. Şimdi buna inan.

Umduğundan daha mutlu olacaksın.

Eskiden beni üzen insanları görürdüm. Şimdi bakınca, o insanların bana yaşattıklarından öğrendiklerimi görüyorum. Eskiden geçmişe bakınca özlediklerimi görürdüm. Şimdi geçmişimin bana öğrettiklerini görüyorum. Biliyorum ki, başıma gelen hiçbir şey boşuna değil ve başıma gelen hiçbir şey aslında benim kötülüğüm için değil.

Olmaması Önemli Değil

İlk önce nefes alabildiğime, duyabildiğime, konuşabildiğime, görebildiğime, düşünebildiğime; sonra uyanabildiğime, uyuyabildiğime, karnımı doyurabildiğime, giyinebildiğime, mutlu olabildiğime, hatta mutsuz olabildiğime şükrediyorum. Hâlâ bir kalbimin, duygularımın olmasına, vicdanıma ve yanımda olan her şeye şükürler olsun.

Şükredecek bu kadar çok şeyim varken, bazı şeylerin hiç olmaması o kadar da önemli değil.

Düzeltmek yerine bitirmeyi seçen insanlardan uzak dur, çünkü onun ya kendine ya da sevgisine güveni yoktur.

Düşünme

Yaşanması gerektiği için yaşanmış, daha fazla yaşanması doğru olmadığı için bitmişti.

Artık düşünme, üstünde durma.

Hayatında olması gerekenler yanındadır, olmaması gerekenler uzağında.

Bazı insanları hayatından çıkarman gereken bir vakit vardır.
O vakitte çıkarmazsan, hem kendine yazık edersin hem de zamanını boşa harcarsın.
Bazı insanları hayatından çıkar, gitsin.
Gitsin ki, daha iyileri girebilsin.

Zor Şeylere Şükür

Zaman değil, yaşadıkların öğretiyor çoğu şeyi. Çok kızmıyorsun bitenlere eskisi gibi. Böyle olması gerekiyormuş deyip geçiyorsun.

Öyle kolay kolay üzemiyor artık çoğu insan seni. Eski sen olmadığını hissediyorsun. Gülüp geçmeyi, yoluna kaldığın yerden devam etmeyi öğrenince, "iyi ki"lere sığınınca, "keşke"lerin azalıyor. Biliyorum bazı şeyler yaşarken zorluyor seni ama ne yaşıyorsan sonuna kadar yaşa. Yarının sana öğrettiklerine şükredeceksin.

İstediğim olmadı deme, çünkü istediğin olacak.
Sadece henüz zamanı gelmedi.

Kimden İstiyorsun?

"Neden mutluyum?" diye soruyorum kendime. Cevabı yine kendimde buldum. Hiç kimseden bana bir şey yapmasını istemiyorum, çünkü her şeyin "nasip" işi olduğunu biliyorum. Bulunduğum durum ne olursa olsun "şükür"ü eksik etmemeye çalışıyorum dilimden. Koşturmuyorum, hiçbir şey için acele etmiyorum, çünkü doğru yer, doğru zaman ve doğru insan diye bir şey var. Biliyorum ve bekliyorum. Mutluluğu ondan istiyorum. O, zaten sen istediğinde karşına istediklerini çıkarıyor.

Tek diyebileceğim; her şeyi Allah'tan isteyin, kullardan değil. O zaman istediğiniz ne varsa olacak, İMKÂNSIZ dedikleriniz bile.

Bazı şeyler canını yaka yaka geçer, ama geçip gittiğinde geriye hiçbir şey kalmaz.

Şanslısın

Eskiden şansız bulurdum kendimi. "Ne güzel mutlu insanlar var baksana Arda," derdim. Özenirdim. Sonra, kendi içime dönüp neye "şanssızlık" dediğime baktım. Biliyor musunuz, başımıza gelen "şanssız bir olay" dediğimiz her şeyde çok büyük öğretiler var aslında. Ne kadar şanssızsak, aslında o kadar şanslıyız. O kadar şanslıymışım ki... O kadar şanslısın ki...

Bir gün arabayla eve dönerken, güzel bir yolda ağladım kendi kendime. Sevinçlerime, sahip olduklarıma, hayatın beni uzak tuttuklarına ve layık gördüklerine, eskiden olduğum Arda'yla şimdi olduğum Arda'ya ağladım. Öyle üzülerek ağlamadım ama. İnsan mutlu olduğu, şükrettiği için de ağlayabiliyormuş bunu anladım. Meğer şansızlıklardan doğarmış şans, bunu çok iyi öğrendim. Şanssızlıklarını, şanssızlık olarak görme. Aslında hepsi ileride senin için fırsata dönüşecek birer şans.

Herkes mutlu olsun isterken, kendi mutluluğunu erteledin.
Herkesin iyi olması için uğraşırken,
kendi iyiliğini onlar için harcadın.
Herkesi sevmeye çalışırken, kendini sevmeyi unuttun.
Artık kendini mutlu etme zamanı.

Mutlu Olma Zamanı

"Başkaları" için yaşar olmuşuz... Ben de bir ara öyleydim. Önce karşımdaki mutlu olsun, ben sonra olurum nasılsa diye düşünürdüm. Hep ben daha çok seveyim, belki çok sevince ben de çok sevilirim derdim. Hayır işte, hayır! Öyle bir dünya yok. Sen kendini sevmedikçe, mutluluğunu düşünmedikçe kimse gelip senin mutluluğunu düşünmüyor. Keşke düşünselerdi, o ayrı.

Yorulmadın mı arkadaşın, annen, sevgilin, abin, baban mutlu olsun diye kendi mutluluğunu ertelemekten? Artık kendini mutlu etmenin zamanı gerçekten geldi.

Sende ne yoksa, o şeye sahip insanlara bakışına bir bak.
Olmuyorsa, belki onlara bakışında bir sorun olabilir.
İyi bak ki, senin hayatın da iyi olsun.

Suçu Hayata Atma

Terk edildin, çünkü kalsaydı daha çok üzülecektin.

Aldatıldın, çünkü yoksa değişemeyecektin.

Sevilmedin, çünkü gerçekten seveceğin o değildi.

Ve bitti, çünkü çok daha güzeli başlayacak.

İnan 2 kere 2 nasıl 4'se, bu da o kadar gerçek. Fark edebilirsen tabii. Fark etmezsen, yine hayatı, kaderi suçla, o çocuğu veya o kızı suçla, babanı suçla, anneni suçla... Boş!

Neden boş biliyor musun? Çünkü ben hayatı o kadar çok suçladım ki... İnan benim kadar hayatı suçlayan birini bulamazdın! Sonunda bunun beni mutsuz etmekten başka hiçbir şey getirmediğini gördüm. Kendi içime, özüme döndüm sonra. Hiçbir şey sebepsiz değildi ve görmem gereken şeyler vardı. Suçlamaksa, en son yapmam gereken şeydi. Egomun bana affetmemem gerektiğini söylediği kişi ve olayları birer birer affettim. Şimdi çok daha huzurlu ve mutluyum. Hayatım çok daha yolunda ilerliyor.

Sen de yaşadıklarına sadece bakma, biraz olsun içindeki öğretileri de gör.

Küçücük bir karıncanın canını acıtmak bile
büyük bir günahken, bazıları yaşattıklarının hesabını
nasıl ödeyecek bilmiyorum.

Dilediğini Yap

Arkamdan konuşmaktan zevk alıyorsan, sakın susma.

Eğer beni yargılamak istersen, istediğin kadar yargıla.

Canımı acıtmak istediğinde elinden gelen her şeyi yap, çünkü ben seni Allah'a havale ettiğim sürece bana değil, ona hesap vereceksin.

Biri senin sevgini hissetmediği takdirde onu ne kadar çok sevdiğinin hiçbir kıymeti yok.
Ve hissettiremedikten sonra da sevmene hiç lüzum yok.

Herkes Kalbin Gibi Değil

Neden seni özlemeyeni özlüyorsun?

Neden seni yanında istemeyeni yanında istiyorsun?

Neden tek kelimeni bile hak etmeyenden seni aramasını bekliyorsun?

Herkes değer gördüğünde, o değerin kıymetini bilmeyebilir.

Bazıları kaybedince anlar.

Umursamadan arkanı dönüp, çekip gittiğinde anlar.

Herkesin kalbini seninki gibi sanma.

Bugünlerde öğrendiğim en önemli şey; kalp herkeste olsa da vicdan herkese nasip olmuyor.

Özgecan'ın Anısına

Yazı yazmaya başladığımdan beri kadınları yüceltmem çoğu erkeğin egosuna dokundu. Çünkü, hepsi kendilerinin yüceltilmesine alışıktı. Belki ben bile buna dahildim, çünkü genelde erkek çocukları öyle büyütülürdü. "Delikanlısın, sen yaparsın, erkeksin sen bir şey olmaz!" Oysa bu ülkede ne başarılı kadınlar, ne güçlü anneler tanıdım ben. Biliyorum ki güçlü kalacak, kendi hayatlarını kendileri kazanacak, tırnaklarıyla iyi yerlere gelecek birçok kadın olacak ve o kadınlardan bazıları şu an bu yazıyı okuyor! Kadını hor görmek yerine yüceltmek, benim, ailemden öğrendiğim en önemli şey.

Kendinden küçük, aşağılık gördüğün o kadın olmazsa ne yapardın hiç düşündün mü?

Çocuk yapamazdın. İlişki yaşayamazdın. Baba olamazdın. Aile kuramazdın. Her şey kadının elindedir. Bu yüzden bunu okuyan kadınlar, kendinizi hiçbir zaman güçsüz ya da korkak hissetmeyin.

Belki de en büyük güç sizsiniz.

Elimden geleni yaparım.
Olmadıysa biraz daha zorlarım. Yine olmuyorsa,
"Vardır Allah'ın bir bildiği," der yoluma bakarım.

Başına Gelenler

Başına ne gelirse gelsin, hayatına kim girerse girsin, ne zorluklarla karşılaşırsan karşılaş, sıkıntı yapıp üzüldüğün her şeyden kurtulmak senin elinde.

Bağımlı olduğun, vazgeçemediğin her şeyin tutsağısın.

Yanlışsa gitmiştir. Peşinden koşsan da döndüremezsin.
Doğru kişinin geldiğini, yanından hiçbir zaman gitmediğinde anlayacaksın.

Gözyaşının Sebebi

Gözünden akan yaşın sebebi mutluluk değilse, yaşın akmasına sebep olanı silmende sakınca yoktur. Gözyaşın sadece mutluluktan akmalı.

Seni seviyorum "oradaki", o kadar değerlisin ki!

Değerli olduğunu hep unutuyorsun, o ayrı.

Bitmesini istemediğin halde bitiyorsa bazı şeyler, her şeyi yapmana rağmen olmuyorsa, emin ol o şey devam ettikçe daha çok yıpratacaktır seni.
Kalmasını istediğin halde gidiyorsa birileri, gelecek olan gidenden daha çok mutlu edeceği içindir.

Zor Geçmiş, Kolay Gelecek Demek

Şu an ne yaşıyorsan, o şey sana yol gösteriyor, farkına var. Geçmişimde yaşadığım her şey için bugün o kadar minnet duyuyorum ki, yaşadıklarım için bir an olsun pişmanlık duymadım.

Hayal kırıklıklarım olmadı mı? Kendimi bile bile üzmedim mi? Hatalar yapmadım mı? Çok...

Ama hatayı, hayal kırıklıklarını, üzüntüleri değil; öğretileri görmeyi seçtim ben.

Eğer hayat seni şu an zorluyorsa, ileride seni daha kolay bir hayat bekliyor demektir.

Yaşadıkların atlatamayacağın bir şey olsaydı,
gelip seni bulmazdı.

Kabulleniş

Cevaplarını düşün, sonra ne yapman gerektiğine karar ver. Cevap senin içinde, başka bir yerde değil. Ben bu kararı çok önce aldım. Baktım insanlar değişmiyor, baktım bazı şeyler benim istediğim gibi gitmiyor, baktım *hayatta değişmeyecek belli başlı şeyler var;* KABULLENDİM. Dedim ki, "Bu insan böyle, değişmez." Kabullenişe geçtim. Sonra da umursamamaya başladım. Ne zaman kabullenişe ve umursamamaya başladım, o zaman çok farklı, çok mutlu bir Arda oldum. Hayat da başka gözüktü gözüme, insanlar da, aynadaki ben de... Eğer sen de *hayatının* değişmesini istiyorsan, *değişime kendinden başla.*

Çok sevdiğini söyleyip aslında hiç sevmeyen de var. Hiç sevmiyormuş gibi durup aslında her şeyden çok seven de. Öyle biri olsun ki, ağzından çıkan sözle kalbinde hissettiği bir olsun.

Yokluğun Daha İyi

"Sonuna kadar," diyebilecek cesaretin varsa gir hayatıma.

"Başkasına ihtiyacım yok," diyecek kadar doymuşsan tut elimi.

"Aldatmayı kendime yakıştıramam," diyebilecek kadar vicdan sahibiysen sarıl bana.

Yok yapamam diyorsan, inan yokluğun daha iyi.

Denemezsen, ömür boyu pişmanlık.
Denersen, sonucu kötü olsa da sadece bir tecrübe.

Bugün

Bugün içinden ne geliyorsa onu yap!

Bağır, ağla, gül, öpüş, dokun, sarıl, seviş... Birine söz ver. Boş vermeyi öğren. Birine yardım et. Gez, merak et, öğren, dolaş... Birine âşık ol. Gülümse. En sevdiğin yemeği ye. Eskiyi unut, geleceğine bak. Şarkı söyle. Birilerine, "Seni özledim," de. Hayal kur, yıldızları say, düşünüp düşünüp bir türlü arayamadığın kişiyi ara. Başkalarının dediğine göre doğru ya da yanlış denilen kurallara göre yaşamaktan sıkılmadın mı?

İçinden ne geliyorsa onu yap. Ne zaman içinden geleni yaparsan, o zaman gerçekten "sen" olacaksın.

Pişman olursan, "Canım öyle istemişti," dersin. Kafana koyduğun şeyler için bekleme, çünkü yarın çok geç olabilir.

Bak bu sabah da uyandın. Demek ki her şey için bir şansın daha var.

Söylesene, umursadığında ne oldu? Değişti mi, düzeldi mi her şey? Söylesene, tek yorulan sen olmadın mı?
Sorunlar, sen onları düşündüğünde küçülmüyor. Onlar için üzüldüğünde çözülmüyor.
Akışına bırak.
Umursamaktan vazgeç, biraz da kendini mutlu etmeye bak.

Meğer

Hayata hangi taraftan baktığın o kadar önemli ki. Çocukluğumda çok sevilmekti derdim. Herkes beni sevsin, herkes benimle arkadaş olsun isterdim. O kadar ki, biri beni sevmediğinde üzülürdüm. Yıllar geçti, ben büyüdüm. Meğer ne kadar yanlış yerden bakıyormuşum hayata. E, çocuktum tabii, doğal olarak bilmiyordum böyle şeyleri. Belki normaldi o zamanlar ama hâlâ çevremdekilerin bazıları onları çok seven insanların peşinden gidiyor, onlardan ayrılamıyorlar. "Çok" sevdikleri için diyorlar ama yanlış. Gerçek nedeni, kendilerini yeterince sevmemeleri. *Lütfen sen de kendini sev.* Bu bencillik ya da ego değil. Emin ol, böyle yaşamak başkasına mahkûm olmaktan çok daha iyi.

Bir insan ne kadar üzülürse o kadar güçlenir.
Ne kadar güçlenirse, o kadar umursamaz.

Güçlüler

Güçlü insanlar mutsuz olsalar bile mutlu gözükür.
Güçlü insanlar canları yansa bile gülümser.
Güçlü insanlar affetmek istemeseler bile affeder.
Güçlü insanlar yorgun olsalar bile pes etmez.
Ve güçlü insanlar paramparça olsalar bile kırılmamış gibi yapar ve zamana bırakıp olanları izler.

İlk önce dikkatle etrafına bak; kimler var, kimler yok. Sonra içine dön. Kime yer veriyorsun kalbinde, kimleri oraya koyuyorsun? Kim seni mutsuz ediyor? Sonra tek tek kurtul mutsuzluklarından.
Hayatın güzel gitmiyorsa ya yanındakiler yanlış insanlardır ya da aklındakiler.

Bu Hayat Senin!

Bu hayat senin!

Üzülmek de senin elinde, mutlu olmak da.

Bu hayat senin!

Kimin yanında olacağı, kimin uzağında olacağı da senin elinde.

Bu hayat senin!

Herkesi ciddiye almak da senin elinde, kendi bildiğini okumak da.

Bu hayat senin!

Hayatını cennete çevirmek de senin elinde, cehenneme çevirmek de. Cehennemse cennete dönüşmesi, cennetse hep öyle kalması dileğiyle...

Hak etmediğin şeyler yaşadığını düşünüyorsan, hak ettiğin insanla henüz karşılaşmamışsın demektir.

Biliyorum

Seni tanımasam da biliyorum.

Şu an bazı şeyler yolunda gitmiyor ama pes etmiyorsun. Hatta hayal kırıklıkların yüzünden bazı insanlarla arana mesafe koyuyorsun.

Seni tanımasam da biliyorum.

Yanında olmasını istediğin bazı insanlar uzağında ama umursamıyorsun. Bu yüzden bundan sonra ne olursa olsun mutlu olma kararı aldın.

Seni tanımasam da biliyorum.

O hayalini kurduğun mutluluk nasılsa bir gün gerçekleşecek ve kendini o hayali yaşarken bulacaksın.

Hem sen yaşaya yaşaya öğrenmedin mi?

Üzüle üzüle üstesinden gelmedin mi çoğu şeyin?

Savaşa savaşa güçlü olmadın mı?

Canın yana yana geçmedi mi çoğu şey? Sonra gülerek hatırlamadın mı?

"Nelerin üstesinden geldim," de ve oturup bir daha düşün.

Herkes sevdiği kadar yanında kalır.

Sıkma Canını

Yanında olmayan insanlar için sıkma canını.

Bir insan gerçekten isterse, yanında olmanın bir yolunu elbet bulur.

Bahaneler sadece uzak kalmayı tercih edenler içindir.

Yaşanan zorlukları birlikte olmaya engel olarak gören biri yeterince sevmiyordur. Bu yüzden seven insanlar engelleri aşar, sevmeyenler pes eder.

Üzülmeden gelmez mutluluk ve güzel günlerin değeri
acı çekmeden anlaşılmaz.

Her Şey Fark Edince Başlar

Bir gün, insanlardan ne kadar çok şey umduğumu düşündüm. Beni sevmelerini, isteklerimi yerine getirmelerini ve beni mutlu etmelerini bekliyordum. Durup düşününce hep "biri"lerine bağımlı hale geldiğimi anladım. Sanki insanların kölesi gibiydim. Bir yerlerde yanlış yapıyordum. Tabii yanlışı bulmam uzun sürmedi. Fark etmeye çalıştım ve o fark edişimden sonra ne annem, ne babam, ne arkadaşım, ne akrabam, hiç kimseden hiçbir şey beklememeye, ummamaya başladım. Hatta kendimden bile. Biliyordum ki, Allah isteyince olurdu. Şimdi hayatımda kötü şeyler olduğunda bile insanlara anlatma ihtiyacı duymuyorum, ona döküyorum içimi ve her şey düzeliyor, er ya da geç. Bununla beraber, hayatım, başıma gelenlere "neden" diye sormayı bıraktıktan sonra da değişti. Fark ettim ki insan sevilmemekten korkarsa sevilmemeyi, kaybetmekten korkarsa kaybetmeyi, yalnızlıktan korkarsa yalnızlığı yaşıyor. Korku barındırmıyorum içimde artık. Her şeyin düzeldiğini görüyorum, çünkü başıma gelen her şeyin bir misafir olduğunu, benimse onları ağırlayan bir "hiç" olduğumu fark ettim. Neye sahibiz ki kaybetmekten korkuyoruz? Bir gün ölüp gideceğimizi unutarak, hiç ölmeyecekmişiz gibi yaşıyoruz. *Kendini bu kadar yorma, hiçbir şey sonsuza kadar sürmüyor.* O geçmez, düzelmez sandıkların dahil.

Olmuyorsa zorlamayın. Bazıları unutulmayı sevilmekten daha çok hak eder.

Bırak

İçini rahat tut. Mutsuz edip mutlu olabilen yok şu hayatta. Herkesin kafasında aynı soru, "Beni mutsuz ettiği gibi mutsuz olacak mı? O mutsuzken ben onu görebilecek miyim?" Cevabı gayet açık, çok şanslıysan evet göreceksin ama çok şanslı değilsen göremeyeceksin. Hem görüp ne yapacaksın? Allah her şeyi görüyor, senin yaşadıklarını da, sana kimin ne yaşattığını da biliyor.

Bırak.

Geleceğin güzel olsun istiyorsan geçmişindeki hayal kırıklıklarını bırak.

İstediklerin olsun istiyorsan, başkasında olanı kıskanmayı bırak.

İstediğin gibi biri seni bulsun istiyorsan, herkesi aynı sanmayı bırak.

Bırak ki dilediklerin seni daha kolay bulabilsin.

Allah görsün, sen yoluna bak.

Haksızlık yapmamış, kimseyi yarı yolda bırakmamış, kimsenin kötülüğünü istememişsen korkma hiç. Eninde sonunda mutlu olan sen olacaksın.

Geri Döner

Başkasına bir iyilik yaptığında, o iyiliği kendine yapmış oluyorsun.

Başkasına bir kötülük yaptığında da, o kötülüğü kendine yapmış oluyorsun.

Belki bir günde dönmez ama yaptığın her şey mutlaka sana geri döner.

İyi ol ve tüm iyilikler seni bulsun.

Tanıştığın her insan,
gittiğin her yer,
izlediğin her film,
öğrendiğin her şey; seni daha iyi biri yapar.
Sev yaşadıklarını. Sana öğrettiği o kadar çok şey var ki...

Sev

Sev hayatını. İyilikleriyle, güzellikleriyle, yaşattıklarıyla sev.

Sana öğrettikleriyle, seni zorladıklarıyla, senden götürdükleriyle sev.

Hatta içindeki sıkıntılarla sev hayatı, çünkü vardır bunları yaşatanın bir bildiği, yaşattıklarının içinden sana anlatmak istediği.

Her sıkıntı nasılsa bitecek, yerini sevinçler alacak.

Gelecek sevinçlerin uğruna, hayatı seni bekleyen sevinçleriyle sev.

Kimseyi gözünde büyütme.
Sen dinlersen konuşabilirler.
Sen umursarsan değerliler.
Eğer bugün vazgeçersen, yarın yok olurlar.

İnsanlar

Kendi kusurlarını görmekten korkanlar, kusurlarını unutmak için sürekli başkalarında kusur ararlar.

Biri sizde sürekli kusur arıyorsa kendinden kaçıyordur.

Her şeyden önemlisi; Allah görüyor, biliyor. Bu benim için yeter.

Kalp temizliği iyidir. Ne bedelini ödeyemeyeceğin kötülüklerin vardır ne de başını yastığa koyduğunda içini kaplayan huzursuzluğun.
Bu yüzden bil ki iyi bir kalbe sahip olmak, sana inanamayacağın kadar güzel kapılar açacak.

Kalp

Kalbi temiz olanın hikâyesi mutlu sonla biter hep. Evet, o da bazen kötü şeyler yaşar. Hatta genelde iyi olduğu için kızar, kötü olabilmek için bile zorlar kendini ama kötü değildir, olamaz. Kendine yakıştıramaz, çünkü bilir, birini üzmek isterse gün gelir o da aynı duruma düşer.

Çünkü bilir, birinin kötülüğünü isterse yarın istediği kötülük onun da başına gelir.

Bu yüzden geceleri kafasını yastığa koyduğunda vicdanı rahattır. İşte onu diğerlerinden farklı yapan en önemli özelliği budur.

Bir insan mükemmel olduğunuzu düşündüğü için sizi seviyorsa, onun bir ömür boyu yanınızda kalacağını sanmayın. Bir kusur bulup gider, çünkü aşk mükemmellik istemez. Samimiyet ister, doğallık ister. En çirkin halini seversin mesela, onun kendinde bulduğu kusurlarını seversin. Sakarlığını seversin. Yaramaz çocuk oluşunu, komik oluşunu seversin. Eğer gerçekten âşıksan, onu mükemmel olduğu için sevmezsin ama kusurları gözüne mükemmel geliyorsa, o başka mesele.

Mükemmel

Neden böyle?

Birileri duygularını belli etmek isterse; çok duygusal, çok romantik, çok itici olarak nitelendiriliyor. Duygularını içinde yaşayıp belli etmiyorsa, odun oluyor. Birileri çok utangaçsa, sıkıcı. Birileri çok dışadönükse, şımarık. Birileri herkesin ortasında ağlarsa, güçsüz ama eve gidip tek başına ağlarsa, güçlü. Birileri çok konuşursa, geveze. Hiç konuşmazsa, asosyal. Birileri diğerlerinin fikrine katılırsa, mantıklı; katılmazsa, boş ve kafasız. Birileri diğerlerinin dinlediği müziği dinlemeyince, zevksiz. Birileri diğerlerinin aldığı şeyleri alırsa, uyumlu; alamazsa, fakir. "Konuşmak" ne kadar kolay değil mi? Konuşup durmak, yargılamak basit ama kimse sizin düşündüğünüzü yaşamak zorunda değil. Kimsenin iç dünyasında neler yaşadığını bilemezsiniz. *Herkesi olduğu gibi kabullenin.* Kimse mükemmel değil. *Kimse mükemmel olmak zorunda değil.*

Seni aklına getirmeyeni ısrarla kalbine koyma.

Dinle, Sev

Müziği son ses dinle. O zaman kalbinin sesini daha az duyarsın.

Yanındakileri sev. O zaman uzaktakileri daha az ararsın.

Kendine değer ver. O zaman seni değersizleştirenlerden daha kolay kurtulursun.

Kalbini bazen, aklını her zaman dinle.

O zaman çok daha mutlu olursun.

Zorluğa sabredince, o zorluğun sonu huzur olur.

Hatırla

Ne yaşarsan yaşa, beterinden korunduğunu unutma.

Gerekirse üzül, gerekirse ağla.

Gerekirse istediğin gibi olmayan şeyler için kız ama asla isyan etme!

Seni beterinden koruyan bir kollayanın var. Bu yüzden her şeye şükür, olmayan şeyler için de şükür.

Zor zamanlarda öğrendiklerini, iyi günlerinde istesen de öğrenemezsin.

Kabul Olmayan Dua Yoktur

Bazen sadece "mutlu olmak" için dua edersin. Bazen günlerce, belki aylarca sevdiğini istersin yanında. Sadece onunla mutlusundur; başkasını istemezsin, yakıştıramazsın yanına ama doğru insan değildir o senin için. Kendini boşa yorarsın. "Olmuyor duam," dersin, isyan edersin. Gecelerce üzülürsün, arkadaşlarına, "Neden mutlu olamıyorum? Allah dualarımı kabul etmiyor mu?" diye sorarsın ama aslında kendi duanla mutlu olduğun insanı hayatından gönderirsin, çünkü ettiğin dua, seni istediklerinin içindeki belalardan da korur. İstediklerinde her zaman hayır yoktur.

Bak mesela, bir aydır her sabah uyandığımda, "Bugün gerçekleşecek olan tüm güzel şeyleri kabul ediyorum, şükürler olsun," diyerek uyanıyorum ve sana yemin ediyorum genelde hep güzel, beklediğim şeyler oluyor! Bak sana yine kendi hayatımdan bir örnek anlatacağım: Bundan aylar önce gerçekleşmesi zor bir şeyi çok istiyordum. O şeyi gerçekleştireceğime kimse inanmıyordu. "Komiksin Arda," diyorlardı ama ben onlara, "Bazı şeyler bizim elimizde değil, Allah'ın elindedir, neden böyle düşünüyorsunuz? O nasip eder, kullar değil. Ben kullardan beklemiyorum, Allah'tan bekliyorum, ondan istiyorum," dedim. Çoğu bana inanmadı, gülüp geçti. Aradan zaman geçti ve ben, duamı yaşarken buldum kendimi. Gözlerim doldu yaşarken, çünkü Allah'ın her şeyi gördüğünü iliklerime kadar hissettim. Her şeyin bir zamanının olduğunu tüm hücrelerimle kabul ettim. Mutluluktan ağladım. Küçükken yazdığım o günlüklerimde de hep dua ettiğimi, şükrettiğimi gördüm. Ben, beni sevmeyenler için bile iyi şeyler besliyorum içimde. Kimseye kötü laf etmiyorum, kin tutmuyorum asla. Herkes bana, "O sana o kadar kötülük yaptı ama sen tek bir kötü söz etmedin," diyor. Biliyorum ki Allah kalbini temiz tutan her insana istediğini veriyor. Umarım bu hikâyem senin içinde de bir yerlerde umut ışığı olmuştur. Umarım istediğin her neyse en yakın zamanda gerçekleşir.

Yarın çok istediğin bir şey gerçekleşsin.

Anladım ki

İnsan başkasına ne yaparsa kendine yapmış gibi olur. İyilik yaparsa, iyilik kapıları açılır sonuna kadar. Kötülük yaparsa, belalar çıkmaz hayatından.

İnsan birine yardım ederse, hiç ummadığı yerden gelir istedikleri ama eğer birini üzerse, vicdanı yüzünden uykusuz geceleri, kurtulamadığı sıkıntıları olur.

Dilinde ne varsa daima onu yaşar insan.

Neyi dillendirirse o gelir hayatına.

✧

Eğer iyiysen, güvendiğin şey kalbinse, kazanacakların tahmin edemeyeceğin kadar güzel olacak.

İnsanlara gereğinden fazla değer verip, haddinden fazla sorumluluklarını alırsan, yaşamak istemeyeceğin şeyler başına gelir.

Her İstediğinde

Her istediğinde gidersen,
her istediğinde seversen,
her istediğinde sarılırsan,
her istediğinde yardım edersen,
kendini unutup, sürekli karşındakini düşünürsen,
sana hiç istemediğin şeyler yaşatabilirler.
İstedikleri gibi değil, istediğin gibi biri ol.

Kime sorsan, seviyor.
Bu yüzden sevecek olanı değil de, değer verecek olanı bulmak daha önemli. Çünkü herkes seviyor ama değer bilmiyor.

Kal

Çok sevmesiyle ilgilenme.

Bunu sana ne kadar hissettirdiğiyle ilgilen; çünkü olay sevdiğini söylemesinde değil, söylediğinin hakkını vermesinde.

Şu an yanında olmasına da sevinme, çünkü olay yanında olmasında değil, sonuna kadar yanında kalmasında.

Kimin kalbinde olduğunu öğrenmek istiyorsan, kimin yanında "kaldığına" bakman yeterli. Kimse kusura bakmasın, uzaktan sevmekle hiçbir şey olmuyor. Kalsın cidden, kimse sevmesin beni uzaktan, istemez. Anladım ki gerçekten seven *yol*, sevmeyen *bahane* buluyor bu hayatta. Çevremden de, yaşadıklarımdan da bunu öğrendim. Artık biri, "Seni seviyorum," dediğinde gülüyorum, çünkü söyleyen çok, "doğru" konuşan az.

İçinde kendini bulamadığın kalbi sevme.
Ve sarıldığında huzur bulmadığın kollara teslim olma.
Yoksa, sonunda üzülen sadece sen olursun.

Bekle

"Onsuz yapamam," dediğin herkesin sensiz mutlu olduğunu gördün mü? Evet gördün.

Merak etme yalnız değilsin, ben de gördüm. O halde sen de mutlu olabilirsin. Şu an aklında olan kişinin bir zamanlar nasıl hayatına girdiğini hatırla.

Her şey birdenbire olmamış mıydı? Bir başkası da bir anda hayatına girip seni çok mutlu edemez mi?

Sadece doğru zamanı ve doğru kişiyi bekle.

Belki de yaşadıklarının hepsi, boş vermeyi daha iyi öğren diye oluyordur.

"Olacak mı?"

Hep, "Olacak mı?" korkusuyla yaşadığını fark ettin mi? Sürekli bir beklenti halinde, "Ya olmazsa?" korkusuyla yaşıyorsun. Ya sevmezse, ya giderse, ya bozulursa, ya gerçekleşmezse, ya gelmezse, ya unutursa, ya olmazsa...

Kendini son zamanlarda hiç rahat bıraktın mı? Her şeyin güzel olacağına tüm hücrelerinle inanıp, uykuya öyle daldın mı? Yoksa şüphe korkusuyla, hep diken üstünde mi yaşadın? Yaşadığın andan kopup, yarını düşünerek yeterince zaman harcamadın mı? Yorulmadın mı gerçekten? Sıkılmadın mı? Biraz teslim ol. Tamamen kurtul olumsuzluklarından, çünkü *düşüncelerin değişmedikçe hayatın asla değişmeyecek.*

Gösterdiğin sevginin değerini bilmeyen düzelir de, çabalarını göremeyen birine harcadığın her an israf.

Neden mi Mutluyum?

Çünkü canımı sıkıp, *beni mutsuz eden her şeyi görmezden geliyorum.*

Çünkü kafaya takınca çözülmediğini öğrendim.

Neden mi böyle oldum?

Çünkü ne zaman kendimden çok karşımdakine değer versem, o zaman hep mutsuz oldum.

Uğraşmayı bıraktıysam, değmeyeceğini öğrenmişimdir.

Uğraşma

Bazı insanlar gelince, bazı insanlar gidince güzel.

Kimse hayatınızda kalsın diye uğraşmayın, çünkü nasıl gitmek isteyen bir bahane buluyorsa, yanında olmak isteyen de bunun bir yolunu mutlaka bulacaktır.

Ne atlatılamayacak sıkıntı var ne de çözümü olmayan bir dert.
Her şeyi unut, bunu unutma.

Bir Bakarsın...

Bir bakarsın, geçmez sandığın ne varsa geçmiş.

Unutulamayacağını sandığın ne varsa unutulmuş.

Seni bulamayacağını sandığın huzur neredeyse, birden gelip seni bulmuş.

Hayal etmekten sakın vazgeçme.
Bir gün hayallerinin bir anda gerçekleştiğini göreceksin.

"İyi ki"lerim

Keşkelerim yok, "iyi ki"lerim var benim.

İyi ki üzmüşler beni. İyi ki acıtmışlar canımı ve iyi ki bugün olmam gereken kişi olmuşum.

Şimdi neye üzülüp neye üzülmeyeceğimi, kime değer verip kime değer vermeyeceğimi, kiminle yakın, kiminle uzak olacağımı biliyorum.

Bundan daha güzeli var mı?

Bence yok!

İçinde umut olsun biraz. Hiç bırakma onu.
Çünkü o umut seni inanamayacağın
kadar güzel yerlere götürecek.

Kalplerimiz Benziyor Diye

Hayatımda çok şey var hatırladığımda gülümseyeceğim. Çok sevdiğim biri bana seneler önce şunu demişti, "Arda, senin kötülüğünü düşünen, sana kötülük yapanlar için salak bile demiyorsun, bu çok ilginç." Düşününce, dediği kafama takıldı. Gerçekten ben, bana kötülük yapan insan için bile, "Herkes kendi yolunda mutlu olsun," diyorum. Herkes için umut biriktiriyorum içimde, çünkü başkasına kötü düşünen, kendisi için de o kötülüğü düşünmüştür benim için. Umudumu, başıma ne gelirse gelsin hiç kaybetmediğim için kendimle gurur duyuyorum. SEN de kendinle gurur duy. İlla önemli bir şey olmasına gerek yok gurur duyman için. Ne olursa olsun, bugünlere geldim diye gurur duy kendinle. Seviyorum SENİ. Tanımama gerek yok, beni okuyorsun diye seviyorum, kalplerimiz benziyor diye seviyorum.

İyi niyetini kaybetmene gerek yok.
Değerini bilmeyen insanları kaybetsen yeter.

Hayaller Gerçek Olmak İçin Aslında

Bir gün uyanacaksın, her şey yoluna girmiş olacak.

Küçükken hep geleceğimi düşünürdüm. Nasıl olacağını hayal edip dururdum ve her gece yarının daha güzel olmasını dilerdim. Sonra şanssızken, şanslı buldum kendimi. Mutsuzken, mutlu buldum. Değiştirdim düşüncelerimi, çıkardım kötü düşünceleri zihnimden ve yerine en güzellerini, en iyilerini koydum. Şimdi bambaşka bir hayatta olduğumu hissediyorum. Kendi yolumda doğrularımla ilerliyorum ve biliyorum ki, insan hayal ettiklerine inandıkça, bu hayat güzel. Sen de kötü düşünceleri çıkar zihninden, korkularını taşıyıp kendini yorma daha fazla. Umarım her şeyin yoluna girdiğini hissettiğin o muhteşem duyguyu en yakın zamanda yaşarsın.

Bazı insanlardan vazgeçtiğin için önce üzüntü,
sonra gurur duyarsın.

Yeniden

Yeniden bir şey hissederiz diye kaçtığımız insanlar, yeniden üzülürüz diye başlayamadığımız ilişkiler, yeniden kırılırız diye kuramadığımız dostluklar var.

Ama bazen bir şey ne kadar yoksa, o şey o kadar güzel.

En çok korktuğun şey, birinin kalbini kırmak olsun.
Neden mi?
Çünkü hayat bir gün kırdığın kalbin
hesabını senden mutlaka sorar.

"Hayat Adil Değil" Cümlesi Koca Bir Yalan

Herkes inanmaz buna ama yaptığın her iyilik gibi, yaptığın her kötülük de bir gün mutlaka karşına çıkar. Bazıları kötülüğün çıkmadığını söyler, çünkü kötülük yapanlar mutsuzluklarını genelde belli etmezler. Mesela geceleri rahat uyuyamıyorlardır, sürekli işleri kötü gidiyordur ama yine de mutluymuş gibi davranırlar. Belli etmek istemezler kötülüğün kendilerini bulduğunu. Bu yüzden kandırılmaktan da, aldatılmaktan da korkma. Böyle bir şey yaşarsan gurur duy kendinle, çünkü birilerine göre "aptal" olmayı, "şerefsiz" olmaya tercih edecek kadar güzel bir yüreğin var.

Bilirim, sen mutsuzken, o mutlu olur genelde.

"Hayat adil değil," hatta "dünya adaletsiz," diye düşünürsün ama öyle güzel bir düzen var ki...

Gün gelecek o mutsuzken, sen hayatın tadını çıkarıyor olacaksın.

Yaşadıklarına, yaşarken "kötü" diye bakarsın, sonradan "iyi ki yaşamışım"a dönüşür o kötü gördüklerin, çünkü öğrenirsin. Ne güzel demiş Mevlânâ, "Sen neye nasıl bakarsan, o da sana öyle bakar." Olaylara bakış açımı değiştirdiğimden beri hep huzur doluyum. Bunu yapmanı kesinlikle tavsiye ederim, çünkü kendindeki ve hayatındaki değişimi göreceksin. Hayatımda ne zaman istediğim bir şey olmazsa daha iyisinin olacağını bilirim, hissederim. Bil ki aklında ve kalbinde ne varsa, hayatında da onlar olacak.

İmkânsız

Neyi gerçekten kalpten istersen, o şey bir gün mutlaka gelip seni bulur.

Hayatında neye şükredersen, o şey fazlalaşır. Evde, yolda, sinemada... Şu an nerdeyseniz hep şükredin. Hayatınızdan memnun olma hissi o kadar önemli ki! Eğer çok şanslı olduğunuzu görebilirseniz, şansınız artacak. İstediğiniz şeyi her gece kalbinizden gelerek tekrarlarsanız, bilin ki o şeyin gerçekleşmemesi imkânsız.

Bazı şeyleri görmezden gel.
Yoksa yaptığın tek şey, kendine eziyet etmek olur.

Yaşamadan Bilemezsin

Hani bazen o kadar çok bunalırsın ki, hayatında birden seni mutlu edecek bir şey olsun istersin. Yorulmuş, epey yıpranmışsındır. Pes etme, yarının daha güzel olmayacağını yaşamadan bilemezsin.

Öyle güzel bir şey olsun ki, yaşadığın tüm kötü şeyleri sana unuttursun.

Boşuna kendini yorma.
Görmek isteyene her adımının bir anlamı var, görmek istemeyene ne yapsan boş.

Bazen

Bazen su akıp yolunu bulsun diye her şeyi akışına bırakman gerekir.

Bazen güçsüzlük sananlara inat, rahatlamak için ağlaman gerekir.

Bazen mutlu olmak için kimseyi dinlemeyip içinden geleni yapman gerekir.

Bazen büyüklüğün sende kaldığını anlamaları için susman gerekir.

Bazen kendi iyiliğin için görmezden gelmen gerekir.

Bazen tek başına da mutlu olabileceğini kanıtlaman için sana değer vermeyenlerin hayatından çekip gitmen gerekir.

Ve bazen, yokluğunda seni özleyen birilerinin de olduğunu bilmen gerekir.

Unutma; *başına gelen şeyler oturup üzülmen için değil,* güçlenip ayağa kalkman için.

Bitiş

Öncelikle, Allah'a binlerce kez teşekkür ederim bu kitabı bir yerde buldurup elinde tutmanı sağladığı, beni seninle buluşturduğu için. Şükürler olsun...

Sonraki teşekkürüm sana. Bana değer verip, yazılarımı sonuna kadar okuduğun, hayatında "Arda" diye birine yaşamındaki dakikalardan ayırıp yer verdiğin için çok teşekkür ediyorum. İnan bu benim için her şeyden değerli. Allah beni seninle buluşturdu, benim yazılarımı sana okuttu. Belki o da, "Arda'yı dinle," dedi sana, bilmiyorum. Hep derim ya, hayatta hiçbir şey tesadüf değildir diye. Senin bu kitabı alıp bitirmen de tesadüf değil.

Umarım yazdıklarım kalbine iyi gelmiştir çünkü tüm yazdıklarımın amacı aynıydı. Edebiyat yapacağım diye bir iddiam olmadı hiçbir zaman. Benim amacım; içimdekileri dökmek, insanlara kendilerini iyi hissettirmek, onların gönüllerini ferahlatmak ve onları biraz olsun rahatlatmaktı. Ufacık katkım olmuşsa sana, ne mutlu bana.

Hayatta hepimize birileri, "Yapamazsın, beceremezsin," diyor ya, inan bana hayatta şu an aklına gelebilecek her şey mümkün. Hani her kitaptan bir sonuç çıkarılır ya; benim hikâyemden de bu sonucu çıkarabilirsin.

Yeter ki kalbini dinleyip, Allah'tan iste.

✧

"Söylediklerim kadarını biliyorsun.
Bir de hissettirdiklerini bilsen..."